LOCUS

LOCUS

LOCUS

LOCUS

to

fiction

to 15　尋找松露的人

The Fly-Truffler

作者：古斯塔夫・索賓(Gustaf Sobin)

譯者：穆卓芸

責任編輯：鄭立中

美術編輯：謝富智

法律顧問：全理法律事務所董安丹律師

出版者：大塊文化出版股份有限公司

台北市105南京東路四段25號11樓

www.locuspublishing.com

讀者服務專線：0800-006689

TEL：(02)87123898　FAX：(02)87123897

郵撥帳號：18955675　戶名：大塊文化出版股份有限公司

本書中文版權經由大蘋果版權代理公司取得

總經銷：大和書報圖書股份有限公司　地址：台北縣三重市大智路139號

TEL：(02)29818089(代表號)　FAX：(02)29883028 29813049

排版：天翼電腦排版印刷股份有限公司　製版：源耕印刷事業有限公司

初版一刷：2002年10月

定價：新台幣180元

Printed in Taiwan

The Fly-Truffler

尋找松露的人

Gustaf Sobin 著
穆卓芸 譯

致謝

在此誠摯感謝我的經紀人莎賓・瑞達茜，她讓這部小說免於塵封；感謝我的編輯吉爾・拜羅斯基，他爲出版本書兢兢業業，毫不馬虎。

I

現在，幾乎每天早晨，他都循著相同的路。他會順著橡樹林的外緣，沿途用他特地削成的小枝幹拍打灌木。小枝幹形狀奇特，除了尖端那根楔形的細長松針，上頭空無一物。從他輕拍灌木的動作，很容易誤以爲他是盲人。沒錯，盲人，或者——從遠處看來——像是拿著金屬探測器，仔細搜索地面，找尋小巧的珍貴古物。然而，菲利浦・卡巴薩既非盲人，也不是在尋寶。他身材高大壯碩，整個人卻彷彿凝聚在他專注的目光裡，他目光執迷，全神凝望著面前的土地。

「快啊，」卡巴薩朝地上低語：「翅膀出來，小翅膀出來。」他聲音細若蚊蚋，彷彿只是上下兩片乾燥的嘴唇相互摩擦。「快啊，」他不停地說，用他所謂的古語呢喃著雷・

穆斯可（*lei mousco*，蒼蠅）。這古老的語言現在已經近乎亡佚，他用古語，只是爲了祈求蒼蠅賜下徵兆，賜下細微但卻洩漏天機的暗示。

小徑一邊是橡樹林，一邊是廢棄的杏樹園，卡巴薩把太陽當成南針，正對而行。他知道，如此，他便不會在脆弱的冬草上留下任何陰影。那兒，是這些細小如麥稈的蟲子棲身之所。如此，這些雙翅類生物才不會受到驚擾，直到關鍵時刻來臨。因爲唯有蟲子突然而又漫無頭緒的行跡，才會洩漏祕密。那時，蒼蠅不只是飛，而是蜂擁而出，明白揭露先前藏身所在。就在蒼蠅藏身之處，香氣四溢的土壤下方，有著蟲卵。再往下十公分、二十公分、三十公分，出於生物共生的奇蹟，色澤黝黑、芳香撲鼻的塊菰，那令人垂涎欲滴的松露，正安穩棲息在因它而芬芳四溢的土壤中，彷彿置身搖籃。

「快啊，」卡巴薩繼續低語，向自己，也向行蹤飄忽的蟲子低語。因爲蒼蠅，以及蒼蠅每每揭露其所在的松露，還有卡巴薩最爲私密的遐想，全都串聯在一起。過去數月，三者在他心中，已經構成不可撼動的完整連結，構成了神聖的三位一體。

卡巴薩拿著松樹枝削成的小撢帚，輕柔地打著草，細細審視面前的一方土地。從他沉重的金屬眼鏡看去，他的眼角皺紋放大，糾結成一副古怪的神情。彷彿過去兩年擔負的哀傷，深沉卻又難以表達，現在終於可以看得清楚，終於可以停憩在一方高大叢生的薰衣草上，或是一片吉祥的粉紅星散花（stonecrop）上，希望藉此誘出那些細小如麥稈的蟲子。每回，蟲子總會一擁而出，如火花，雜亂無章，從錘打平整的黑色砧角一哄而散。它們又像鑰匙，他想。小巧的金色鑰匙。用那近乎亡佚的古語來說，就是克洛朵（*claus d'aur*，金鑰匙）。稱它們爲鑰匙，不僅因爲只要看對地方，蟲子就可以告訴我們松露的所在，更因爲他最近發現，這麼做，可以揭開一整個充滿幻象的地底世界。

卡巴薩花了好一段時間才發現這點。他和其他生活在鬆軟鈣土上的普羅旺斯人一樣，自小便靠蒼蠅尋找松露。在他家，松露是細緻優雅的象徵，是季節的饗宴。其實，松露是冬天晚宴的常客，切成黑黑厚厚的一片，再跟薯片或捲萵苣配成沙拉，也有人和著蛋炒，不過那是少數。松露從不煮熟（在採食松露的人當中，流傳一個說法，烹煮會大大降低松露的風味），也不乾藏。從十一月中到三月初，松露要生吃；接下來，如果還記得，便依自然曆，由大地決定該怎麼做。菲利浦．卡巴薩年近五十，從出生到現在，每年冬季都沉浸在松露的優雅香氣裡，從童年、大學到做研究、擔任教授，到最近結婚——姍姍來遲的短暫婚姻，但卻喜樂無邊——松露始終伴隨著他。儘管如此，直到妻子辭世，直到他發現蒼蠅是「金鑰匙」，而松露這神祕的隱花植物能夠帶來靈視，松露才開始擁有前所未有的能力。

明白這點，卡巴薩花了一段時間。他是嚴謹的理性論者，加上對普羅旺斯啓蒙運動知之甚詳，因此過了整整兩年，他才肯相信松露——服食松露——會影響他的夢境，一次又一次帶領他，更加接近亡妻茱麗葉塔的影像。

「快啊，來點暗示吧。一點小震動都好。」卡巴薩屈身在一叢濃密的雀麥草上，細語呢喃，低聲懇求，彷彿面對神跡的朝聖者。他體重超過九十公斤，身材結實，現在卻擔著沉重的身軀彎腰細細檢查一草一葉。那些克洛朵（claus d'aur，金鑰匙），那些他剛發現的、通往地底夢境世界的鑰匙，隨時都可能出現。

卡巴薩知道，松露不是迷幻藥。他也明白，松露不在催夢藥方裡：松露不是靈丹妙藥，能夠萬無一失，對嗜夢心靈產生效用。松露的力量更複雜、更細緻。事實上，松露不會直接影響夢境。恰恰相反，松露影響的是醒著的人，是清醒的意識狀態。松露的芬芳帶著泥土的氣息，讓人感覺溫暖，同時讓人的感覺更加清晰，感受力更加敏銳。與其說，松露會激發夢境，不如說它能催生夢境出現的條件，*dispousicioun*，卡巴薩會這麼說。

吃下松露，消化之後，卡巴薩會進入一種全然接受的狀態，準備接受夢境帶給他的一切影像，豐富的影像、變化萬千的影像。

茱麗葉塔辭世後的那一年，卡巴薩夢裡的她，總是片片斷斷：她的肩膀；一雙大眼充滿激情，漂浮在花床之上；她的腿骨猶如破碎的雕像殘骸。彷彿死亡已將茱麗葉塔肢解成孤零零的碎片，稍縱即逝。那一年，就連她的低聲呼喚都是片片段段，傳進卡巴薩耳中。言語、偶爾出現的句子、可能意味著什麼的話語片段，在卡巴薩聽來，這些都像是衝上隱形防波堤碎裂的泡沫，或是某種近乎失傳的古老文章勉強可讀的片段。於是，聽到的每個音節，卡巴薩都異常珍惜。醒來之後，他總是試圖回想自己聽見的每個零碎語詞。他甚至會把自己記得的片段潦草記下，爲此，他還買了筆記本，放在床頭。儘管如此，茱麗葉塔最常說的，只是「爲什麼」。無頭無尾，就只有一個「爲什麼」：巨大、無可辯駁，張著嘴說：「爲什麼」。菲利浦・卡巴薩將他從著簡短字串裡得到的大量暗示視爲遺物，視爲茱麗葉塔交託給他的遺物。茱麗葉塔必定在問：爲什麼他們倆各在這道帷幕兩邊，無法穿越？卡巴薩覺得，他必須回答這個問題。

鰥居的第一年冬天，卡巴薩尚未將松露和夢境連結起來，尚未發現食用這種神祕黑色塊莖和隨之而來的影像之間的關聯。抑或，在頭一年的種種起伏紛擾當中，根本沒有這種關聯存在。卡巴薩仍像童年一樣，出去採擷松露。這麼做是出於習慣，打發周末空檔，而非爲了完成什麼。一路上，他無精打采，沿著廢棄的杏樹園，機械式地用樹枝拍打草地。那一年，他什麼都不在乎。什麼都無法讓他感動，除了妻子茱麗葉塔在頻繁的虛幻夢境中出現，只有那些激盪人心的短暫片刻，方能讓他感動，即便那些片段支離破碎。那一年，他就爲了夢境而活。每日每天，無時無刻不在等待夜晚到來，好去捕捉他的摯愛，捕捉她的浮光掠影，迅疾、明亮、自生自滅，一如流星劃過天際。

到了春天，夢的片段更加稀少。當然，那時卡巴薩還不知道，夢境減少和松露季節接近尾聲有關。他尚未發現同在地下安憩的兩者的關聯：棲身濕潤沃土裡的塊菰，和他長眠地底的愛妻。卡巴薩尚未將兩者各自的召喚力量連結起來。

那一年，卡巴薩活像行屍走肉。每天早上，他穿衣、吃飯，像個機器。每周三天，開車四十公里到亞維儂，教授進階普羅旺斯方言。修課的人本來就不多，大半是研究生，而且逐年減少，但卡巴薩毫不在意。他上課的講堂可以容納兩百人，而今，碩果僅存的學生散布在空蕩的講堂裡，讓人不禁黯然想起那個消亡中的世界。過去數十年，普羅旺斯方言逐漸乏人問津，最後只有少數得天獨厚的人可以一窺堂奥。然而，卡巴薩剛到亞維儂教書的時候，曾經重新激起對這垂死語言的研究熱情。他為這衰敗的學科帶來活水，點亮前路，有人讚賞卡巴薩，說他的課醍醐灌頂、充滿魅力、使人難忘。上課學生雖少，卻都深深著迷，同時感染到卡巴薩全心保存這流失的*隆嘎矩*（*lengage*，語言）❶的努力。

然而，茱麗葉塔死後，卡巴薩再也無心教學。他拿著字跡潦草的筆記，照本宣科，幾乎不曾抬頭，迎視坐在近乎荒漠的講堂裡學生的目光。學生也越來越少。他們一個個把課退掉，留下的學生只是礙於校規，而非好奇或熱心向學。卡巴薩兩眼無神，上課無精打采，偶爾目光夢幻，盯著窗外桐樹的葉子拂過天窗。這些舉動在在都讓學生坐立難安。現在，沒有人會像幾個月前那樣，抄寫筆記。過去，卡巴薩言簡意賅，能從看似細微的文句結構當中抽絲剝繭，找出含藏其中的重要文化特質（例如，普羅旺斯方言中，

❶本書斜體的羅馬字母多為普羅旺斯方言，偶有法文會特別加注。

名詞絕大部分指陳實物，因而失去了推論和抽象思考的功能）。如今，一切都已成爲過眼雲煙。

卡巴薩活像機器。他仍然盡力假裝教書，仍然不時跟同事家人共進晚餐，他也跟任何人一樣，繼續應付生活加諸他的無盡瑣事、承諾與責任，包括每年賣出部分資產所帶來的責任。過去十年，出於債務，卡巴薩不得不一再出售荒廢的台地、休耕的麥田，或是幾畝新生的橡木林。不然，他根本入不敷出。在冷門學系裡擔任兼職教授，薪水之低根本無法支付開銷。即便他生活刻苦自制，爲了他所繼承的大片土地，卡巴薩仍得支付土地稅，同時應付紛至沓來的食物、燃料和電費帳單。就算他將個人需求降到最低，就算他懂得精打細算，卡巴薩每年年底仍得打電話給當地的土地仲介商，從他日益縮小的土地當中再次割讓一塊。

仲介商會問：「好吧，你今年要賣什麼？果園？葡萄園？還是一片好的老橡木林？」每年冬天，仲介商總是冷淡、漫不經心卻又愉悅地讓卡巴薩一再置身同樣無趣的買賣儀式。從一開始，仲介商便想買下全數土地，包括卡巴薩那幢搖搖欲墜的巨大農莊。卡巴薩一家居住在此，前後已有八代之久。這些年來，這位仲介商處心積慮，或收買、或施壓，但卡巴薩始終不爲所動。他只賣足以彌補開銷的土地，一吋不多、一釐不少。對卡巴薩而言，從他務農的祖先手上傳下來的農場、土地和樹林，構成了完整的有機體。賣掉其中部分，就算面積再小，也是一種割裂，這讓卡巴薩感覺自己是個叛徒。這些土地不僅是他繼承的遺產，更是養育他的地方，是他的野外教室，是他生命韶光寄居的宇宙。再貧瘠荒蕪的矮灌木叢，即使只有野莓和野鳥的蛋，在卡巴薩的心靈世界裡，都是一片豐饒的景象。

每年賣掉一點資產，卡巴薩不僅哀傷，而且困惑。他常想，爲什麼仲介商沒有轉售那些資產。比如，他爲什麼不轉手給其他人，拿來蓋房子或是進行農地輪耕？他到底在等什麼？剩下的廢台地？頹圮的牆垣？還是所有的畸零地？卡巴薩常想，仲介商等的難道不是他的一切？

儘管如此，冬天一到，卡巴薩還是會去尋找松露。一如春天，他會去採集野生的蘆筍；夏天，摘擷藥草；秋天，數不盡的白點蘑菇。這全寫在卡巴薩的自然曆裡，任誰也無法阻攔，不讓他按照自然曆的周期行事。他一絲不苟，鉅細靡遺。即便現在，鰥居的第二年，卡巴薩對周遭一切幾乎已經不聞不問，但他仍然會到林子裡。即便他對樹林，對他拖扯在林間灌木叢中的巨大身影毫無感覺，甚至對他自己在那暗影深處的心靈無動於衷，卡巴薩仍受那周期的牽引。他按季節行事如儀，只因別無選擇。

出於本能，出於植物向性的隱匿信號所驅使，卡巴薩拿著他特地削成的小枝幹，繼續拍打薰衣草高大削瘦的羽葉，在一簇簇平貼地面的星散花之間搜尋。第二年冬天，卡巴薩依然驚起一隻又一隻形跡飄渺的蒼蠅，飛離它們出沒的地方，同時洩漏松露藏身之處，屢試不爽。就這神祕的塊菰而言，這一年確是豐收。然而，卡巴薩僅僅挖取自己亟需的分量，他會用微彎的鐵棒挖出兩三個濃黑的球狀塊菇，總是比胡桃大，有時甚至跟蘋果差不多。但對卡巴薩來說，松露只不過是冬季的香辛料，是當季深受歡迎、氣味芬芳的添加物。那時，松露尚未獲得新的特質。

但就在這年冬天，茱麗葉塔辭世後的第二年冬天，卡巴薩總算發現兩者的關聯，他總算發現食用松露會讓夢中妻子的影像更加鮮明。十二月底，某夜，卡巴薩吃下味道特別濃郁的松露之後，感覺格外飄然，松露似乎以前所未有的方式影響他的心智狀態，這狀態頗不尋常，卡巴薩卻歡迎之至。到了一月，卡巴薩發現就連夢境也受影響。他的夢越來越長，夢境越來越鮮明。一天，卡巴薩吃了特別鮮美多汁的松露炒蛋，是夜，他竟然夢到夫妻兩人做愛。他們廝磨數個小時，慵懶舒緩，不疾不徐，彷彿置身某種旋律。那旋律既來自身體，又來自大地。彷彿地球溫和的脈動與交融的旋律在他們體內舞動。規律、猛烈不息，直達他們的存在深處。夢境當中，茱麗葉塔始終將頭偏向一邊，目光專注於遠方牆上。她目不轉睛，眼神幽暗無邊，卻讓卡巴薩更加興奮。卡巴薩心想，茱麗葉塔總是有所保留，總是有個地方讓他無法觸及，不是嗎？他一向覺得，正是她有所保留，正是那無法觸及之地，讓他一開始便無法抗拒茱麗葉塔。在兩人初次邂逅的那個星期，卡巴薩就曾在他的皮面大筆記本裡寫道：「或許，我們愛上的不是一個人，而是他與生俱來的一種深度、一種距離。或許是他身上令人感傷的特質，或是他未曾撫平的一面，使他更加誘人。」現在，茱麗葉塔辭世業已兩年，卡巴薩發現自己更加無法抗拒那樣的誘惑，去接近他其實無法接近的世界。無法接近就是無法接近，除了夢裡。

次年二月，卡巴薩終於得出結論：只要吃下松露，當晚他就會夢到茱麗葉塔，而且夢境豐富。何況，二月正是這種任性果實最爲鮮美的月分。不過，也正是在二月，許多松露熬不過漫漫長冬，因而枯萎。只有根扎得最深最穩的松露得以倖存。松露即便盛產也是奇貨可居，何況二月氣溫陡降，北風不眠不休地吹拂，空氣中彷彿塗上一抹墨藍釉彩。此時，空氣宛如凝結，大地彷彿失了生機。

儘管如此，卡巴薩還是心眩神迷。他在他的零落收成與飽滿夢境之間找到聯繫，卡巴薩知道自己已然開啓通往隱匿界域的大門。然而，他發現得太晚太遲。氣溫下降之後，松露幾乎從慣常棲息的橡樹林邊銷聲匿跡。而且，松露季節只剩短短數周。在普羅旺斯，嚴冬之後往往是早降的春天。卡巴薩知道，自己得加快腳步，在短得可憐的有限時間裡全力挖掘塊菰。

「用地下的換地下的，」每天早上，他照例穿著破舊的燈心絨褲和磨損的短夾克，一邊喃喃自語，一邊走過冰封的土地。松露帶來奇景、帶來異象，茱麗葉塔高大莊嚴的身影從一片廣袤的虛無飄渺中浮現，她雙眼綻放光芒，黑色秀髮在陽光下光澤柔潤。偶爾，松露引來茱麗葉塔的呼喚、告白、抑或只是表露她長久壓抑的渴望。當然，在此之前，卡巴薩夢見妻子已經整整一年，卻都只是浮光掠影，零散不一的破碎片斷。但在冬季塊菰影響之下，他的夢境豁然開展，變得更加深邃動人。感覺有好幾個小時，兩人曾在夢裡的瀑布下裸裎共浴，或只是共用一張書桌，彷彿目標一致的兩位學者，勉力用功，共同沉浸在靜默當中。

而且，卡巴薩隨後發現，他不但做夢，夢境還相互連接。每回入睡前，卡巴薩只要稍稍回想上次的夢境，不久便能接續下去。例如，最近，他夢見茱麗葉塔背對著他，屈膝蹲踞在花園裡。那時定是夏天，因爲茱麗葉塔寬闊但卻纖細異常的雙肩裸露著，微微曬黑，滲著汗水。「菲利浦，」她喊著，臉龐彷彿埋在花叢當中。萬壽菊、天竺牡丹、毛地黃將茱麗葉塔團團圍住，彷彿置身文藝復興時期的鍊墜盒裡鑲嵌的迷你搪瓷花束之中。

「菲利浦，」茱麗葉塔又喊了他。她仍然背對卡巴薩，她的頭宛如包裹在群花之中。聽見她的呼喊，卡巴薩屈膝，雙手環抱她的腰際，臉頰貼著她流光閃閃的髮。「我的茱麗葉塔，那是什麼？你怎麼了（*De que t'arribo*）？」雖然卡巴薩聽得到她、感覺得到她，甚至聞得到她身上散發的脂香，然而，茱麗葉塔對他的存在卻絲毫不察，她聽不到他、聞不到他，也感覺不到他。她只是一逕呼喊著他。卡巴薩也不斷回應，試圖讓她確定他的存在。他靠著她的肩，細細感覺她的身體，彷彿她仍在世，而他仍清醒，不在睡夢當中。如是刹那近乎永恆。時間彷彿有了彈性，延展開來，他們兩人、他們置身的花園、浮動的空氣、幻覺般的氛圍，全都眞實了起來，顯得溫暖、厚實、濃郁。在如許眞實的情境裡，兩人動作再小，似乎都變得輕盈，彷彿華麗雍容的慢動作一般。

「菲利浦，」他仍不停聽見她的呼喚。但此刻，聲音卻漸漸變弱。卡巴薩雙手原先握著茱麗葉塔成熟堅實的胸房，現在卻覺得胸房漸漸從他手中消逝。兩人開始從夢中共處的天地中各自消散。幾分鐘後，兩人都失去了蹤影。一位回到烏有之鄉，另一位則回到自己房裡，卻對房間、窗子和窗外風景了無興致。

卡巴薩鰥居次年冬天，普羅旺斯一片地凍天寒。森林覆著白雪，彷彿是黑白相片裡對比鮮明的景致。大自然彷彿頭上腳下，倒了過來。只有黃雀偶爾倏忽一現，爲蒼涼大地帶來些許顏色。卡巴薩近乎執著地撐了過來。此時，他正深深焦慮。松露季節再過幾周就要結束，但他是那麼想見到茱麗葉塔，(她不是一直呼喚著他，似乎有什麼事情，重要的事情，要向他訴說？) 於是，一早，他便強迫自己出門，如此日復一日。三周過去，他卻一無所獲。連隻洩密的小蒼蠅都沒有，也不見深藏的塊菰。卡巴薩的夢零碎片段，接連不上。他再也沒有重回那慢慢悠悠的良辰美景：回到那催生夢境的條件，那

disposicion，他總是這麼說。

某日午後，他恍然發現自己正擊打著野草。無以復加的失望，讓卡巴薩壞了自己的規矩，壞了自己珍視的「儀式」，讓他開始擊打地上一塊塊冰封的野草。「千萬別消失了，」他低語道：「千萬別躲回那幽暗裡，藏身在重重無盡的帳幕下。」此刻，卡巴薩不再對著蒼蠅或松露說話，而是對著逝去愛人的心靈說話。

儘管如此，他還是得等，等大地解凍，等春天到來的信息怯生生地從堅硬的殼中鑽出頭來。卡巴薩必須等待，直到野生橡樹開花，引來蜜蜂成群，才能挖掘最後一塊松露。這塊松露藏身聖櫟樹下的掌狀樹根之間，起碼深達四十公分。偶爾有人將松露稱爲千面玲瓏的「黑鑽石」。這獨特的松露有著濃郁誘人的野生氣味。卡巴薩明白，要是松露香味和夢境濃度眞有關係，這塊松露，這最後一塊松露絕對效力不凡。然而，他得等待。根據普羅旺斯行之久遠的傳統，卡巴薩必須靜候三天，將松露放進玻璃罐中，再加三個、六個甚至九個雞蛋，直到松露氣味完全滲入蛋裡。農家自有崇敬「聖三」的規矩，在普羅旺斯仍隨處可見。卡巴薩曉得，由此種種，他的夢境將更美好。

果不其然。三天後，卡巴薩將松露切片，混著入味的雞蛋拌炒，接著油炸，收乾水分。寬大幽暗的廚房裡，桌上覆著油布，低垂的柳條燈罩散著微光，卡巴薩開始他的聖餐禮。他全神貫注，品嚐他的松露炒蛋（*brouiado de rabasso*）。每叉起一口，他總是細嚼慢嚥，不肯錯失一絲美味。他小口品嚐，舌頭直搗美味核心。他對這神奇食物讚嘆不已，比起其他蔬果，松露嚐來更加有血有肉、彷彿美食的遊戲。卡巴薩明白，這是因爲松露並非如一般人所想，只是一種菌類，而是人們早已忘懷的牲禮。

卡巴薩伴著濃得近乎凝結成粒的紅酒，吞下整塊松露，他不但品嚐松露，就連餘韻也不放過，細細品味。他讓松露在他身上發揮功效，讓自己緩緩進入涵藏一切的催眠狀態。是夜，他吃得不多。其實，除了炒蛋（*brouiado*）和兩片厚實的裸麥麵包（他拿來抹淨盤上的殘餘），他只吃了一小塊月白色的羊奶乳酪。卡巴薩開始覺得放鬆，緊綳的神經也舒展開來。因著那地底物事的滋味，他再無疑慮，開始進入那慵懶敏感的境界，那催生夢境的條件，*disposicion*，他這麼說。

卡巴薩按步就班、一絲不苟地完成「儀式」，隨後移身沉重的扶手藤椅上，喝下一大碗馬鞭草茶，讀了幾頁語言學報告，靜待空蕩走廊裡那座高大的擺鐘敲打九響。九點正，飾有鍍金玫瑰花圈的鐘擺盪到定位，卡巴薩起身回房。樓上的臥房，天花板上是黑色的櫟木，單從床的擺設就能看出，卡巴薩連細節也不放過。床上的皺摺、漿洗過的摺痕，拍打過的雙人枕頭，卡巴薩都以儀式般的精神一一安置。的確，這是儀式。卡巴薩上床，蓋上被子，熄燈，感覺他的魁梧身軀頂著床緣腳板，隨即開始回想上次夢裡的所有細節。當時，茱麗葉塔不是一再呼喚他的名字？而他在她的呼喚聲中，不是感到了一絲急切？之前未曾出現的急切，渴望他能聽見？卡巴薩一一回想每個片刻，所有景象在他記憶裡宛如影片流逝，他很快就進入夢鄉。他一睡著，就發現自己從上個夢境淡出，進入新的夢境。沒幾分鐘，卡巴薩就讓茱麗葉塔活了過來。夢裡的祈禱似乎發生效力，他發現茱麗葉塔再次出現在花園當中，屈膝，雙肩映著仲夏高大花朵的亮麗妍色。不過，這回她卻面對著他，隔得老遠，對他說話，簡短、破碎、晦澀。

「菲利浦，」她喊著，「菲利浦，靠近一點。」當下，卡巴薩用手滑過茱麗葉塔新剪的亮麗秀髮，她卻絲毫不覺。

「靠近一點，」她哀求著，彷彿卡巴薩站在深淵彼端。「菲利浦，你聽得見嗎？聽得見嗎？」

卡巴薩不但聽得見她，還聞得到、摸得著她，他整個人都沉浸在她身上散發的濃郁脂香裡。

「因爲，我有事……」茱麗葉塔又說，她的聲調更高了，傳向遠方：「有事一定要告訴你。」

「說吧，」卡巴薩輕聲低語。

「很美好、很奇妙的事情，」她喊著：「你能走近一點嗎？」此刻，卡巴薩和茱麗葉塔已經近得不能再近，簡直黏在一起，分別不開，兩人身體再也分不出誰是誰的，再也不屬於彼此，不屬於任何人。他貼著茱麗葉塔溫軟的耳朵，輕聲細語：「說吧，說吧，我的茱麗葉塔（*ma Julieta*）。」

但她只是一逕呼喊，希望卡巴薩能夠穿越重重沉默，走近身旁，因爲她有「很美好、很奇妙的事」要告訴他。

II

卡巴薩初遇茱麗葉塔，是在他初級普羅旺斯方言課上。每年，在幽暗的講堂裡，卡巴薩都與學生分享關於這垂死語言的眞知灼見。那天，茱麗葉塔就坐在最後一排的位子上。卡巴薩上課一向專心，他認眞介紹普羅旺斯方言的高盧羅馬字源，完全無視於聽講的人。然而那天，卡巴薩卻一眼就注意到她。事實上，他似乎是爲她的全神貫注所吸引，彷佛一道純淨明亮的鋒芒。茱麗葉塔不停抄寫筆記，偶爾抬頭注視前方，似乎用的不是眼睛，而是她高高的、純淨的前額。她深深沉浸在課程之中，四周彷彿環繞著一股獨特的氛圍。

整堂課，卡巴薩都盡力不讓自己的思緒飄向陰鬱講堂後端，那位髮色深暗的陌生聽眾身上。然而，他的目光卻不住朝她奔去，回到那奇妙的點上，晶瑩一如黑鑽的點上。每瞥一眼，卡巴薩便覺心滿意足。這位學生不但專注聽講，而且記下他所說的字字句句。他發現，自己的話語進入了她的內心世界，那兒的思緒和情感都祕而不宣。他身上有某些東西，無論多麼微小，都已進駐那幽暗的房室，在裡面得到思索反芻。

每周上課，卡巴薩都會看見這位年輕女性，獨自坐在講堂的最後一排，打開筆記本開始抄寫筆記，一頁接著一頁。學期中，卡巴薩又發現，她是左撇子。這點雖然無足輕重，卡巴薩卻很珍視。不然，他會覺得自己對這位離群索居的用功學生一無所知。其實要到耶誕假期前的最後一堂課，他們兩人才算眞正見了面。那天上的是普羅旺斯的地理語言學，亦即各個地區的方言差異。這個主題令人困惑，時而相互矛盾，吸引一些學生的注意。課後，卡巴薩隨即爲一小群學生所包圍，而她也是其中之一，這讓卡巴薩非常訝異。她站在一旁，一言不發，耐心等待其他學生問完。好不容易，又過了半個小時，終於只剩他們兩人。但她仍未開口。她仍一言不發注視著卡巴薩，用的不是雙眼，而是她高高、亮亮、純淨的前額。

是卡巴薩打破沉默，開始說話。他說：「我早就注意到你，你老是坐在最後一排，對吧？」

她的雙唇微微蠕動，表示同意，但幾乎無法察覺。同時，她的目光黯淡、深不可測，從高高的前額下方浮了上來，注視著他。

「你似乎記了一堆筆記。」卡巴薩繼續說道，盡力試著同她說話：「我覺得，上課學生當中沒有人筆記記得比你勤快。」他又說道，他將心裡的話統統說了出來，好填補兩人之間的沉默。

她的嘴唇再度微微開啓，不過，卡巴薩發現，這次張得更大，而且透著光芒。

「還有，」卡巴薩接著說。就算太過唐突，但此刻，他只求塡補那令人尷尬的靜默：「你是左撇子，對不對？我注意到了，」他坦承：「我看見你用左手抄寫一頁又一頁的筆記。」

她的雙唇張得更開，嘴角微微彎曲，然而目光依舊遙遠、愼思、神情堅決。卡巴薩呢，他話說完了，找不到話頭，因此儘管百般不願，他也別無選擇，只得告辭。他只得告辭，然後離開。他告訴這位高大困惑的陌生女士，他下午在埃克斯（Aix）有個約會，他要遲到了。儘管如此，他很高興他們算是眞正見了面。也許，下次兩人有機會「說說話」，他說。卡巴薩大衣剛剛上肩，正要離開之際，突然補上一句，彷彿方才想到似的：

「我車停在車庫，你要搭便車嗎？」

她的答覆幾不可聞。似乎點了點頭，那肯定的動作來得那麼輕柔細膩、那麼出人意料，卡巴薩不敢相信，意義如許重大的事竟能透過如此微不足道的動作表達出來。但她確實回答了。接著，她細長的手微微動了一下，似乎要卡巴薩稍候片刻，她要去拿東西。

卡巴薩事後回想，她輕輕點頭，前額微微顫動，對他正意味著日後新生活的開始。但在當時，他幾乎察覺不出，那些微小動作意涵如此巨大。

整整十分鐘後，她回來了。手裡不只拿了筆記本，還有一只方格呢皮箱。卡巴薩毫不遲疑，從這位年輕女士手上接過皮箱，隨即領她穿過幽暗的學校穿堂，走到外面的路上，其間，他只短短看她幾眼。出到外面，兩人步伐轉為輕快，朝車庫走去。兩人幾乎比肩齊步，腳步相差不及毫秒。兩人彷彿約好似的，又彷彿已經每天相偕散步了一輩子。未來發生的一切，似乎從一開始便已注定。

字詞浮現，緩緩地。兩人驅車駛向南方的埃克斯，茱麗葉塔小心翼翼，開始一點一滴向卡巴薩述說她的生活。卡巴薩得知，她這兩三年居無定所，四處爲家，或睡在朋友的沙發上，或與情人同枕共眠。她甚至曾經私自占用無人的大學宿舍，住了一個夏天。儘管如此，卡巴薩著迷的不是她的故事，而是她說故事的神情。她在說出的每個字上都添了重量，加了思緒，彷彿話語不只表達必須表達的，更像是某種響亮的神奇器皿，盛載著所要表達的事物。

茱麗葉塔小心揀選字詞，偶爾遲疑，偶爾倉卒，不時修飾調整話語，向卡巴薩描繪自己，表達她存在的方式。話語感覺比事件本身還要一致。得知她是孤兒，在修道院裡由修女帶大，卡巴薩並不意外。她喃喃低語，遙想當年：「祈禱，冗長的祈禱沒完沒了。」卡巴薩詢問身旁這位美麗的陌生女士，她都祈禱些什麼，仲冬陽光透過車窗灑了進來，斷斷續續，照亮她黑色的髮。她的回答簡單、單調：「就要結束了，祈禱就要結束了，永遠結束了。」接著，她緩緩揀選字詞，似乎要爲無可名狀的事物描繪輪廓：「祈禱就要結束了。結束了，其他事物才能開始。」她等待，在刷淨的地板與修道院小孩漿過的制服之間，在修女純潔頭巾底下的無邊陰影裡，她等待，等待那漫長艱辛的日子告一段落。

「結束了嗎？」卡巴薩問，「眞的結束了？」

「沒有，」她不無遺憾地答道：「我希望，我以爲，祈禱會結束。」

她是如此飄忽不定。換公寓，換情人，抑或只是凝視自己憂傷的思緒，不停重複，無止無盡。卡巴薩心想，她不也是這麼飄進課堂，飄進現在這場邂逅，與彼此的對話？飄進當下，兩人穿過漫長筆直的鄉間道路，略過兩旁無數光禿堅實的水楡？不，不對，卡巴薩又想，不是飄忽。整個秋天，他都注意到，她在課堂上多麼專注，抄寫筆記多麼勤勉。一開始，有什麼吸引了她，讓她到課堂來。讓她在那天下午，坐上他的車，沿著公路，朝他們可能抵達的某處開去。卡巴薩心想，無論如何，這一切絕非偶然。

在埃克斯，卡巴薩到大學圖書館挑了幾本語言學著作，跟同事匆匆晤面，還到莊嚴雄偉的米哈波林蔭大道（Cours Mirabeau）跑了幾趟。而他的同伴緊跟著他，寸步不離。那時他還不知道她的名字，年紀據他估計約在二十五、六歲左右。他轉彎，她就轉，他坐，她也坐，但就是慢了那麼千分之一秒。差距雖然細微，但早先他們並肩走向車庫，他不就注意到了？那稍縱即逝的耽擱，讓他不解。因爲，不管是什麼吸引她來找卡巴薩，那耽擱都意味著遲疑。耽擱再小都意味著，面對未來，她有所保留。就算跟他轉彎、坐下，她還是清楚保留了自我與主動。

多半時候，她都不發一語，彷彿正在吸收身旁的聲響，四周的空氣，*hôtels particuliers*（特別的老旅館）❶深赭色壁面上的光影。她對自己可以轉換的事物，能用零碎詞句斷續表達的事物，尤其著迷。站在露天水果攤前，她說：「橘子橘子。」口氣像極了孩子。

「你要買嗎？我們買一袋，好嗎？」卡巴薩問道。

「橘子，」她又說了一次，臉上浮現微笑。顯然，呼喚水果的名字比水果本身更讓她開心。接著，她似乎想起什麼，開口說道：「不要，謝謝，我不想買。光是看著就很愉快了。小小綠色的葉，旗子似的，在風中搖啊搖的。」她說。因爲自己替水果找到合適的比喻而開心。

卡巴薩發現，接下來的事就簡單直接多了，毋需任何解釋。回程，兩人沿著埃克斯

❶hôtels particuliers 爲法文。

郊外微微隆起的平原駛著，地表阡陌交錯，彷彿按著葡萄田刻出來似的。卡巴薩只想向這位陌生「同志」描述他的房子，描述那搖搖欲墜的巨大農莊，描述他從出生開始，居住其中的生活點滴。農莊曾經屬於他的父母，他父母的父母，和他父母的父母的父母，起碼八代相傳。這農莊曾經目睹一代又一代的人，不斷出現，從出生、受洗、結婚到死亡，重複著無可避免的過程。這農莊充滿回憶，關於摘下的水果、打下的麥子，與煙燻的肉。這地方不但近乎自給自足，更支持著其他事物。儘管有穀倉、馬廄和雞舍，但過去五十年，人們紛紛往城市討生活，這裡於是慢慢衰敗。再沒有人下田耕作，原有的十五間房舍，而今空空如也。卡巴薩說，沒有人了。除了一位年長的姑媽，在他口中，她是「身處農業時代的古董」。

「那鴿子呢?」年輕女士問道：「不是還有人養鴿子嗎?」她發問的時候，用的是普羅旺斯方言，她不用法語說鴿子（*pigeons*），而是當地的方言說 *pijouns*。

對卡巴薩而言，發音上的微小分野意味深長，並非只是語言上的差異。分野意味著一種親密，一種脫口而出的關聯。「不在了，」卡巴薩回答：「鴿子很久以前就消失了。」他自己也開始使用普羅旺斯方言。事實上，從那一刻起，卡巴薩不再使用其他語言，他只使用這瀕死的方言，這先發制人的嘹亮語言。「大麥沒了，鴿子也跟著絕跡，」卡巴薩解釋道：「跟著那無盡的麥田一起消失了，牠們不見了，再也看不見了。」

「*pijouns*，」她低語著，爲了字的發音而開心，著迷於那悠遠的迴聲。

「我還是個小男孩的時候，」卡巴薩翻開他的記憶：「每次到田裡，鴿群總是揮舞翅膀，如白色的雲朵，歡迎我們。翅膀拍擊的聲音，彷彿和風吹打剛剛洗好、還在滴水的衣裳。」說到這裡，他那巨大盤踞的石頭農莊總算映入眼簾。此刻，只有一道蜷曲如螺旋的藍色輕煙，自煙囪裊裊上升，迎接兩人到來。除去這寒酸的問候，整座農莊彷彿凍結在時光之中。長長的車道，兩旁堆滿過冬用的桑樹枝幹，都只殘留一絲過去農村的榮景。歲月就只是直接遺棄這座空曠的農莊，並未留下絲毫光陰流逝的痕跡。

進了房子，他帶她走進廚房，點燃鑄鐵爐子和壁爐。卡巴薩說：「請你在這兒稍等一下，我去弄點東西。」

她看著他。她身材高䠷、目光誠懇，書包帶子仍然繫在腰間。卡巴薩再一次察覺，這女子的目光似乎來自她光潔的高聳前額深處。「小姐（*madamisello*）？」他問。因爲直到此刻他還不知道這女子的名字。

「茱麗葉塔，」她低語，一朵微笑在她唇邊綻放。

「到這兒來，」他說：「茱麗葉塔，到這兒你會舒服些。」他邊說邊將一張沉重的普羅旺斯扶手椅移到壁爐邊。自始，他對她都以禮相待。他在她身上付出的關注，猶如接待來訪的達官顯要。卡巴薩將她帶到扶手椅旁，幫她解開書包帶子。此刻，他發覺，一道幽微的回憶在他心中翻騰。小時候，他似乎也曾領著一位高眺優雅的陌生女士走到扶手椅旁，不是嗎？那位女士已經病入膏肓，身體非常脆弱，連自己的兒子都照顧不來，卻在他心中留下無法磨滅的印象，不是嗎？回憶再微弱，卻是無法忘懷。更何況，那位女士不也是正巧有著懾人的明亮黑髮、羅馬人似的長鼻、心型臉龐向下漸漸削瘦，並在下巴有個小小凹陷？卡巴薩向茱麗葉塔告退，走出房間之際，仍然自問，不是嗎？

其後半個小時，他在樓上努力清出一間乾淨的臥房。他打開百葉窗，清理櫥櫃，爲藍色鑄鐵大床鋪上最好的亞麻被單，並在空空如也的浴室橫桿上，掛上乾淨的浴巾。最後，他又搬來一對五斗櫃，並在櫃子上放了蕾絲邊的小布墊，甚至加了一只水晶花瓶。十二月，顯然無花可插，但他還是在櫃上放了布墊，在墊上放了花瓶，「準備好，」他說，「到時可以插花。」

就這樣，卡巴薩款待茱麗葉塔：，就這樣，歲末臘月的某個午後，茱麗葉塔安頓下來。床、臥室和其他種種方便，茱麗葉塔在卡巴薩這裡享受到一個人能享有的全副關注。獨身多年，讓卡巴薩對這位學生的迷戀更形強烈，如是「投入」甚至震懾了卡巴薩自己。這位貨眞價實的單身漢，這個老男孩（*vieux garçon*）❷，願爲她赴湯蹈火，在所不辭。從那天下午開始，卡巴薩爲她下廚，爲她烹煮簡單但卻美味的鄉間膳食，替她拿烘過的浴巾，甚至讀書給她聽。兩人圍坐爐邊，壁爐裡橡木燃燒，他用彼此珍惜的稀有語言一字一句唸著詩篇。卡巴薩拿木材，架好枝幹、生火，他充滿愛戀，望著茱麗葉塔安安穩穩地委身在毛茸茸的高大扶手椅中，雙腳縮在臀下，彷彿巢居的火鶴。

「*Encara un pauc d'aigardent?*」他問她：「還要來點酒嗎？」之前，卡巴薩讀著書，茱麗葉塔專注聆聽，兩人同時拿著小酒杯，啜飲榲桲酒。

茱麗葉塔搖搖頭，烏黑秀髮閃著光澤，說道：「不，」她喝夠了。接著，她帶著輕

❷ vieux garçon 爲法文。

得不能再輕的微笑，問道：「可是，爲什麼？」

「什麼爲什麼？」卡巴薩回答，語氣有些困惑。

「這一切啊！這酒、這爐火、這些詩篇？」遲疑片刻，她又開口，以她慣常的斷續口吻說道：「太多了，實在太多了。這些房間，這房子，還有我睡的床。可是，爲什麼？你爲什麼這麼做？」她問他，凝望著他，卡巴薩的鋼邊眼鏡映著爐火的光芒。

然而，卡巴薩答不上來。這件事，就連他自己也答不上來。但在遙遠的童年回憶裡，他還記得那位女士，她無可抹滅的形象，高貴而又脆弱。卡巴薩心想，她就像浮雕一樣，深深刻入他的意識，烙印深深，彷彿一枚古希臘的錢幣。這讓他想起他的母親，她的手掌，偶爾輕輕摩擦他的頸子，甚至突然壓著當時年方三歲的他的肩膀，似乎試著用他支撐她的搖搖欲墜。她的影像，在卡巴薩心中，顯得很淡。不過，最終引起渴望的，不就是這些嗎？這些已然逝去的回憶？而此刻，眼前這位陌生女子激起的渴望，不正源自那近乎確鑿的神似？這不正是茱麗葉塔不知不覺釋出的誘惑？這位女子年歲只有他的一半，小得足以做他女兒，現在純粹出於巧合，剎時成爲他愛戀的對象。

「我不知道，我說不上來。」最後，卡巴薩答道：「不過有時候，看你坐在那兒，就像今晚，就像現在，你收起雙腿，雙手滑過秀髮，你對我的意義遠遠超越世上一切事物。」卡巴薩語氣平淡，彷彿陳述一項事實，懷抱無上崇敬。

茱麗葉塔似乎渾然不察，直直凝視著他。

「絕不只如此，我無法表達你對我的意義。」他說著，同時起身。茱麗葉塔沒有半點恐懼，仍然直直凝視卡巴薩，給了他一個神祕莫測的獨特微笑，彷彿神奇的財富。

「不只如此……」卡巴薩反覆說著，同時走到扶手椅旁，在她烏黑柔亮的秀髮覆上一吻。「晚安，」他輕聲說道，維持相同的動作，停了一會兒：「晚安（*bono nive*），」他是這麼說的，他總是用這即將消逝的片語，在兩人之間營造一股親密的氣氛，彷彿無可抗拒。

正是此時,他們兩人關係初萌之際,卡巴薩在他的皮面大筆記本中寫下這句話：「或許，我們愛上的不是一個人，而是他與生俱來的一種距離、一種深度。」卡巴薩發現，對他而言，距離，或是深度，來自對方，來自愛人稍縱即逝的影像。你的愛人又回過頭來成爲其他事物的尺度，衡量萬事萬物。卡巴薩自問，除了茱麗葉塔，還有誰能如此呼應這虛無飄渺的描述？還有誰能如此完美無瑕，塡補他心中的虛幻輪廓？當然，可能另有他人。之前，卡巴薩就曾和一位來自波莫列—米莫薩村（Bormesles-Mimosas）的女士往來。這位女士出身布爾喬亞，善良而有教養。兩人交往甚久，她不但應允卡巴薩追求，還爲了卡巴薩的需求調整自己，夜以繼日全心注意他的一舉一動，他的思緒、口味、愛好。有七年的時間，我們絕對可以說，這位女士爲了這位沉默陰鬱的壯碩學者奉獻自己。然而，這樣的聯繫卻自行瓦解了。正因其中缺乏那樣的深度、那樣的層次，所以瓦解了。然而，如是的深度與層次，卻決然將卡巴薩引向茱麗葉塔。只因她正代表了那樣的深度與層次。茱麗葉塔在荒地上踽踽獨行，荒地空曠不毛，只有語言劃定空間、指引方向。茱麗葉塔就在那樣的廣袤之中撿拾名詞，選擇分詞，一如其他人可能摭拾金盞草、草藥或是帶著斑點的蘑菇。她又像是孑然處於一片荒漠當中，然而，這樣的荒漠不但吸引著卡巴薩，更刺激著他，使他興奮。的確，在那變動不居的空間，他的博學與她的失落，實在不相上下。從一開始，他便希望用聲音塡補她，用詞語刺激她冗長的沉默。他想用自己身上所有的語言細胞，占領那飄移不定的廣袤空間；而茱麗葉塔也正迫不及待，等著去接收、吸取、領受。就像那個星期，卡巴薩給她上了堂簡單的課，告訴她在上普羅旺斯阿爾卑斯省（Alpes-de-Haute-Provence）的方言變化。例如那悅耳的「*a*」。在當地如*aperamount* 一類的字中，意味著「高處」、「居於高地」。當她在無邊沉默中覆誦那個字，卡巴薩看著她，看著她雙唇微啓，發出第一個音節，看她雙唇微噘，發第二個音，看她圓著嘴，發第三個音，彷彿對空親吻。接著，她大聲唸著 *aperamount*，爲之深深著迷，彷彿這個副詞是把鑰匙，是個關鍵，或許能讓她進入原本無法接觸、湮沒的過往。

之後，她猛然說道：「*Meno me aperamount*」。「帶我上高處去」，她又說一次。這與其說是要求，不如說是宣示，是幻想，但卻出人意外，以命令的形式出現。「沒錯，*aperamount*，我就是要去那兒……」

他答應了，對這位可愛卻又疏遠的陌生客人，卡巴薩沒有一事不願。「只要課沒問題，我答應你，我們一起去高地，沒錯，我們一起開車上去，*aperamount*。」

茱麗葉塔置若未聞，她只是讓那個字的聲音從她齒間流洩，再用她纖細修長的手指撫過唇邊，彷彿試著確定那聲音眞的存在，彷彿那聲音擁有自己的姿態。

那個字顯然激起了共鳴。當晚，茱麗葉塔便和卡巴薩一起坐著，身子深陷沙發。卡巴薩總是坐在這沙發上，閱讀隆河方言不規則動詞的語言學巨著。她悄悄來訪，穿著毛襪和長長的毛織浴袍，不但坐在卡巴薩身旁，身子還挨著他，這並不像女人尋求感情與親近，倒像貓兒尋求生物之間相偎相依的舒適。卡巴薩立刻明白這點，猶如本能。茱麗葉塔比他整整年輕二十五歲，做他小孩也不爲過。何況，她還是他的學生，而卡巴薩絕不會冒犯傳統的師生關係，他總是謹守分際，甚至不加質疑。他對茱麗葉塔的愛，從一開始便是充滿敬意而又貞潔。毫無疑問，如是的禁忌根深蒂固，卡巴薩自然將這位高大黑髮的陌生客人視爲神聖的偶像，讓她在家中走動，共進晚餐，了解他的日常作息，點點滴滴，彷彿她是他的妻子，抑或情婦。

此刻，她的肩膀抵著他的胸膛，她的頭貼著他的頰，她又像貓兒一樣，伸展雙臂，低聲呢喃「*aperamount*」，語調簡潔、輕快。

「嗯，」卡巴薩再次向她保證：「等我備好下幾堂課，我一定帶你一起上高地去，穿越綿延廣袤的田野，直到高原。」

「因爲，」她彷彿將心中思緒和盤托出：「那兒有東西，就在那兒，我絕對相信。」

「什麼東西？」他問她。

「一直吸引我的東西，牽引我朝它奔去。」她告訴他：「就像夏天，只要擺脫修道院，我就會搭便車直上巴賽隆涅特（Barcelonnette），在那兒找個暑期短工。叉乾草、擠羊奶、用攪乳輪車做羊乳酪，什麼都行，只要能待在那兒，待上整個夏天。」說完，她起身離開卡巴薩，走到爐火邊，身子和臀部靠著旁邊的牆。

「還有談話，」她接著說：「我好喜歡聽人談話，聆聽古老的語詞，感覺就像所有景物出現兩次，一次在我們眼前，一次在農夫和牧羊人的言談之間。是啊，那些山巒、高地草原，還有鎮夏奔騰的瀑布，彷彿晶瑩的絹幕。一切都轉成了語言，語言美妙地包容著一切。」當然，最初便是語詞將茱麗葉塔帶向卡巴薩，在不過數日之前，帶她穿越大學的重重大門，上了卡巴薩的車，最後將她帶到這座搖搖欲墜的農莊。農莊煙囪無數，其中一根青煙裊裊。對卡巴薩而言，一切都毋庸置疑。他很清楚，茱麗葉塔對普羅旺斯方言的興趣，遠超過單純的學術考量，而是跟那樣的「高度」、那樣的「空間」有關。他很好奇，那樣的「空間」在這位曾爲孤雛的年輕女士心中，是否激起比回憶還要幽遠的事物？是否在潛意識裡，讓她憶起失落已久的童年時光？憶起原本無法觸及的湮沒過往？

接著，她又跟他提起去年夏天的一樁冒險（一樁 *calignage*）：「當然，那整個夏天，還有別人，那些男孩、男人；甚至還有一位年長的 *ferraiaire*，做廢金屬買賣的，帶我參觀廢金屬堆。他給我上了一課，關於他那荒蕪的世界，而且他說的是普羅旺斯方言。是啊，那些大鐮刀、小鐮刀和鋤頭，成堆鏽蝕腐朽。關於那個沒落的行業，他把我想知道的一切都教我了。啊，山上眞的可以學到東西，眞的。」她高聲說道，一邊撥動爐火，霎時，火花迸射，璀璨澄黃。「不過，我想說的不是他，不是那位做廢金屬買賣的 *ferraiaire*，也不是我和他共處的那三四個晚上，我待在他的小茅屋裡，連身上都聞得到鏽味，金屬腐蝕的味道，我想說的不是他，而是那些摘擷葉子的人。我想告訴你的是那天早上，我在瓦隆索（Valensole）高原上漫步，在半公里開外看到他們，正在摘擷桑葉，好去餵蠶。至少有七個人，那天早上，七個女的，她們邊摘邊聊，將肥碩的心型葉片塞進巨大的枕套裡，看上去彷彿浪濤交疊。當然，摘擷桑葉是女人的天下，女人的活計。尤其到了最後幾周，那些小惡魔變得特別貪得無饜。那天早上，七個女的變成八個：她們讓我加入了。我幫忙將桑葉塞進枕套，她們便供我吃住。不過，我想，她們把我安置在他們丈夫看不見的地方。事實上，其中有個女的很想要我。這無所謂，一點兒也沒關係。那就像一位情感洋溢的激動母親，滿足之後，整整裙擺，拿掉髮裡的稻稈，然後遞給我一大杯羊奶，還有一碗又一碗的覆盆子。其實，我喜歡這樣。我喜歡那種毫不止息的關注。」她承認，「而且，我一直希望這段冒險永遠不會結束。可是，」她突然慎重問道：「我爲什麼會跟你說這些呢？」

「繼續啊，」卡巴薩鼓勵她。

「我沒想過會跟別人說這些。」

「繼續啊，繼續，」卡巴薩近乎呢喃：「告訴我。」

「我想，我從來不覺得可以遇到一個人，讓我跟他說這些。」她一邊低語，一邊走向卡巴薩，而卡巴薩則是起身相迎，張開雙臂，擁她入懷，彷彿自己是她的雙親。這時，當他讓她修長的身軀緊緊挨著自己，他又再次震懾於她全身散發的馥郁脂香。那一刻，卡巴薩發現，那天然的氣息，不是海洋的香脂，甚至不是讓人想起下普羅旺斯（Basse Provence）的香氣，而是高原上壯碩的樅樹、圓杉和銀松的芬芳。正是這些高原牽引著茱麗葉塔，讓她無法抗拒，朝高處前進。「*aperamount*」，他喃喃自語。他不停呢喃「*aper-amount*」，雙臂依舊摟著茱麗葉塔的身軀，同時沉浸在她散發的濃郁林間氣息之中，滿心歡喜。

一天早上，卡巴薩聽見茱麗葉塔在笑。當時，她人在樓下，幫他姑媽準備普羅旺斯傳統耶誕晚宴十三道甜點的其中一道。他聽見兩個女人輕快的笑聲。他姑媽很早就守了寡，獨自住在這寬闊殘破的農莊一隅。她只有一個孩子，名叫瑪格莉的女孩。不過，瑪格莉幾年前便已移居加拿大，在那兒找工作，只留下她母親獨居在此。卡巴薩雙親於數年前過世。當時，他也剛巧結束維繫七年的感情，和那位過於投入的女士分手。因此，單身的他很歡迎這位步履踉蹌、幾近全聾的姑媽和他一起住在這座滿是罅隙的寬闊農莊裡。的確，他這麼做不光爲了她，也爲了自己。因爲，他也需要個伴。然而，打從米烈歐姑媽來的第一天起，卡巴薩便發現這位姑媽什麼都不需要。她易怒的習慣、半醒半夢的心靈，讓她總是全身烏黑，漫無目的在她房裡四處走動，卻又怡然自得。只有頭巾上的紫色圓點才稍稍顯露她失落多年的女性特質。她拒絕一切現代發明，她從井裡打水，自己生火煮飯，守著一方完美無瑕的菜園，遠遠望去彷彿拜占庭時代的織錦。

不過，隨著茱麗葉塔的到來，米烈歐姑媽越來越常拖著她蹣跚的步伐，出現在卡巴薩的住處。她會帶著籃子，籃裡裝滿她從菜園裡摘來的冬季蔬菜，在這個時節，最特別的是唐蒿苣，長長的菜梗帶著淡淡的黃綠色。在普羅旺斯，這種高大可食的薊屬植物，在菜園邊隨處可見，菜梗多汁、菜葉狀似尖牙，象徵季節尾聲、一年告終與太陽運行周期的完結。

「瑪格莉，」姑媽喊著：「你瞧瞧瑪格莉，」她指著茱麗葉塔：「瞧瞧我的瑪格莉，她是不是很可愛啊？」

卡巴薩眞的望了望茱麗葉塔，他覺得，此刻的茱麗葉塔再美麗不過。她站在廚房中央，懷中滿是白色菜葉的唐蒿苣，同時仰首微笑。姑媽又說：「你瞧瞧，」彷彿指著自己的傑作。

茱麗葉塔呢？她對於扮演瑪格莉，顯然樂在其中。充當或誤當別人的女兒，不管誰的女兒，她都欣然接受，接受她那親愛的、胡言亂語的「替身母親」派給她的角色。茱麗葉塔仰頭微笑，她的頸子修長，宛如天鵝，頸間灑滿冬陽，光點斑斑。卡巴薩只是癡癡凝望，滿心讚嘆。

「你瞧瞧，你一點都沒變。跟你第一次領聖餐的那天早上一模一樣。還記得我用忍冬酒幫你擦身子、用漿過的襯裙把你打扮成小公主嗎？你不停往你的第一副胸罩裡塞東西：廚房的吸水棉、衛生紙，什麼讓你曲線動人，你就塞什麼。還記得嗎，瑪格莉？」

茱麗葉塔對米烈歐姑媽回以微笑。「當然記得」，她一點也不猶豫：「我怎麼可能忘掉？」霎時，卡巴薩突然發現，瑪格莉和茱麗葉塔雖然一個住家裡，一個在許多修道院待過，她們其實擁有許多相同的青少年經驗。

「你還出血了，就在那個星期……」

「我感覺好驕傲、好驕傲。」

「我記得，你血流得比其他女孩還多，你血一直流、一直流……」

「我還試著嚐嚐味道，我想那血嚐起來應該很神祕，甚至很神奇，」她說：「事實也是，眞的。」

「我記得，你血流個不停，我就在那兒擦擦洗洗，你的床單、睡衣。喔，瑪格莉，一切都恍若昨日。眞的就一天，不多不少。」

兩人相互注視，目光著迷。此刻，她們已然一同進入一個共謀的、深邃的虛構世界。無論兩人的關係多麼虛幻不實，她們都各自演好對方思念的角色。孤女、寡母，在廚房裡天南地北閒聊，一起在爐邊剝核桃，或將白色的唐萵苣切成長條，以便迎接即將到來的耶誕晚宴。

「你瞧瞧，」米烈歐姑媽又說了一次，為失去的可愛女兒復活感到驕傲。興奮莫名的她，接著從地窖裡拿出一個塑膠花圈——普羅旺斯居民放在墓前的傳統花圈——她將花圈拆開，拈了朵塑膠玫瑰插在茱麗葉塔的髮上，又拈一朵插在她厚重羊毛衫的鈕扣孔上。的確，一年此時，只有在地下漆黑的拱形廚櫃裡，才能找到花朵。

「還有這裡，」米烈歐姑媽興高采烈地說，一邊在茱麗葉塔身上插上一朵又一朵的塑膠花卉做裝飾。她不但在每個鈕扣孔都插上一朵，就連皮帶、口袋和雙耳後面也不放過。嗯，沒錯，還有頭髮。霎時，只見茱麗葉塔一頭烏黑秀髮當中，一朵朵粉紅潑灑開來。

「我的瑪格莉，我可愛的瑪格莉！你瞧瞧，我可愛的女兒，終於回家了！」這位老婦人興高采烈，雙手緊握，發出滿足的嘆息。

卡巴薩注視一切，神情讚嘆。茱麗葉塔佇立在廚房中央，宛如雕像，身上插滿奠祭用的花朵（堅硬、無臭、永不凋謝的玫瑰），看來容光煥發，生氣勃勃，無以復加。

偶爾，早晨，他會聽見茱麗葉塔沐浴盥洗。要是浴室水管結凍，她便會光腳穿過狹長的走廊——地板上，紅色的菱形地磚已經多年未曾上蠟——到殘破農莊裡唯一能用的浴缸去提水。卡巴薩的臥房緊臨這間浴室，當他躺在床上，腦中便會不由自主想像，茱麗葉塔褪去衣物，縱身滑入搪瓷浴缸。浴缸由四隻固定不動的鑄鐵獅掌支撐著。茱麗葉塔潑水上肩，將腳伸出缸外，一次一腳，抹上肥皂，腿上滿是晶瑩光滑的肥皂泡沫。隔室，卡巴薩聽著發出的聲響，但憑想像，將聲響一一轉換成撩人的畫面。這些畫面讓卡巴薩既困擾，又興奮。尤其當茱麗葉塔沐浴完畢，驟然起身，肥皂泡沫和水滑落，留下清楚的水聲，此時，卡巴薩只敢將茱麗葉塔想像爲羅馬神話裡高大的女神朱諾，氣質典雅：水滴彷彿珠寶，從頭到腳，自她身上滑落，熠熠發光。唯一例外的是，她男孩似的修長軀幹底端。那兒，一叢密草困住水流。簇簇渦旋的細絲讓卡巴薩稍稍猶疑，心底才確定那塊區域正是私處。卡巴薩有如清教徒般清心寡慾，身上戒護重重，此刻卻發現自己陷入全然的矛盾。日復一日，面對這位苗條卻又難以捉摸的房客，他感到自己越來越受吸引，爲她深深著迷。是他將她帶到家中，置於他的監護之下，他並不將她當成情婦，而是視她爲迷途的靈魂，迫切渴望庇護，即便她從未如此表示。

每天早晨，卡巴薩躺在床上，日復一日，傾聽茱麗葉塔著裝，聲音幾不可聞。拉上拉鍊、燈芯絨的摩擦聲響，以及漿過的長褲窸窸窣窣。卡巴薩細細傾聽，彷彿歌劇劇本作家，心思專注、固執而絕對。他會傾聽茱麗葉塔手指拂過浴室鏡面，拭去水氣時發出的吱軋聲響，同時想像，茱麗葉塔長長的心型臉龐，因爲洗了熱水澡而微微泛紅，浮現在發光的橢圓鏡面中央。茱麗葉塔不化妝，不過，卡巴薩心想，她該會用面霜塗抹她隆起的顴骨，和那高高的、純淨的前額。

再過一會兒，茱麗葉塔就會離開浴室，穿越狹長的走道，回到臥房。一等她回到臥房，卡巴薩立刻起身，迅速披上衣服，走進水氣瀰漫的浴室。浴室裡熱氣騰騰，卡巴薩走進浴室，爲的不是熱氣、水氣，也不想洗熱水澡，而是爲了那發光的橢圓鏡面。他想瞧瞧茱麗葉塔剛剛在霧氣蒸騰的鏡面上輕描淡寫留下的半圓痕跡。卡巴薩摘下眼鏡，壯碩的頭顱與橢圓鏡面齊平，他直直凝望，看的不是自己的影像，而是——他只能如此想像——茱麗葉塔殘存的影像。他看的不是自己懇切的紫藍雙眼，而是她粗糙的棕色眼神：飄忽反覆、時而自我探詢。「親愛的（*ben-ama*），」此刻，卡巴薩輕輕呢喃，雙唇泛紅，映著那轉瞬消逝的影像。「親愛的，親愛的，」卡巴薩低聲覆誦，直到幻象消失，他愛慕的孤雛、那疏離的偶像，影像完全消失。直到發光橢圓鏡面上再無他物，唯有卡巴薩自己的影像，喃喃自語，雙唇泛紅。一切已然消失，獨留那無止無盡的空虛渴望。

一月中，新學期開始。卡巴薩和茱麗葉塔會一起開車到亞維儂。然而，純粹出於禮節，兩人會在城門口分手。如此，兩人便能分別進入講堂，前後相隔幾分鐘。不過，沒有人起疑，發現什麼不對勁。沒有人發現兩人不對等的奇妙關係。何況，茱麗葉塔和卡巴薩都太過隱密，兩人自我封閉、沉默寡言，絲毫引不起懷疑，更不可能激起流言。然而，卡巴薩必須提醒自己別將目光在茱麗葉塔的臉龐逗留。他必須提醒自己，上課必須環顧講堂。他的課，堂堂啓發人心，追溯費利布里吉❸的歷史。這群普羅旺斯語言學者

❸費利布里吉（Félibrige）：一八五四年成立的組織，主旨爲推動普羅旺斯文學和語言復興運動。

from vision to fiction

大塊 LOCUS 文化

謝謝您購買這本書！

如果您願意，請您詳細填寫本卡各欄，寄回大塊文化（免附回郵）即可不定期收到大塊NEWS的最新出版資訊及優惠專案。

姓名：________ 身分證字號：________ 性別：□男 □女

出生日期：____年____月____日 聯絡電話：________

住址：________

E-mail：________

學歷：1.□高中及高中以下 2.□專科與大學 3.□研究所以上

職業：1.□學生 2.□資訊業 3.□工 4.□商 5.□服務業 6.□軍警公教 7.□自由業及專業 8.□其他

您所購買的書名：________

從何處得知本書：1.□書店 2.□網路 3.□大塊NEWS 4.□報紙廣告5.□雜誌 6.□新聞報導 7.□他人推薦 8.□廣播節目 9.□其他

您以何種方式購書：1.逛書店購書 □連鎖書店 □一般書店 2.□網路購書 3.□郵局劃撥 4.□其他

您覺得本書的價格：1.□偏低 2.□合理 3.□偏高

您對本書的評價：(請填代號 1.非常滿意 2.滿意 3.普通 4.不滿意 5.非常不滿意)

書名____ 內容____ 封面設計____ 版面編排____ 紙張質感____

讀完本書後您覺得：

1.□非常喜歡 2.□喜歡 3.□普通 4.□不喜歡 5.□非常不喜歡

對我們的建議：________

105

台北市南京東路四段25號11樓

大塊文化出版股份有限公司　收

廣告回信
台灣北區郵政管理局登記證
北台字第10227號

地址：　　市　縣　　鄉／鎮　市／區　　路　街　　段　　巷　　弄　　號　　樓

姓名：

(請寫郵遞區號)

博學多聞，在他們的黃昏，世紀末（*fin de siècle*）❹，致力保存那瀕死的文化。

不過，周末可就完全不同。卡巴薩已經備好一學年的課，因此只要得空，便可以帶茱麗葉塔上高地去，*aperamount*。高地有股神奇的力量，吸引著茱麗葉塔。每到周末，兩人便會擠進卡巴薩那輛雷諾小車，拜訪上普羅旺斯(Haute Provence)的某個偏遠地方。在那兒，他們兩人有如民族語言學家，拜訪農民、鐵匠與修士，試圖發現某個音節的當地發音，抑或文法上的細微差異。就算風吹雨打、歲月更迭、人事交替，差異始終存在。昆蟲學家蒐集聖甲蟲，卡巴薩和茱麗葉塔每到周末卻在蒐集聲音。那兒，高盧羅馬語的初始遺跡，至今仍在這些與世隔絕的阿爾卑斯高地村鎮流傳。卡巴薩稱之爲「聲息的遺跡」。這些遺跡，高地居民口耳相傳至今已有十個世紀，其間歷經貧窮、乾旱與冰雹肆虐。「三個月的煉獄（*tres meses d'infert*）、九個月的寒冬（*moou meses d'uveart*）」一說，至今仍在當地農民口中流傳。面對如此嚴酷艱困的世界，語言流傳有如貨幣般珍貴，如黃

❹ fin de siècle 爲法文。

金般易逝。山村居民字斟句酌，語言往往是他們唯一擁有的溝通工具。生死存亡關頭孕育出來的語言，當中字彙在在都和生活息息相關：伐木、疏洪、磨刀、堆草、煙薰蜂窩、製作油膏、汲取樹汁、摘擷草藥。卡巴薩編過一本辭典，談的全是穀物，裡頭無所不包，收成、打穀、篩穀，最後還包括穀粒菁華如何在水車磨坊裡碾成麵粉，一旁則有山泉潺潺流過。

「不過，那裡幾乎沒有……」某天，他私下跟茱麗葉塔吐露：「表達情感的字。他們生活困難如斯，沒有表達感覺的餘地。」那時，兩人坐在村裡一家咖啡館桌前，小村莊高高位於普羅旺斯的阿爾卑斯山區。

「不過，有時候，我還是會怕那種沉默，」茱麗葉塔承認：「那些他們未曾啓齒或不承認的事。他們保守祕密，甚至不讓自己知道。」卡巴薩隔桌望著茱麗葉塔，茱麗葉塔眼神直率，頭髮烏黑柔亮。她正襟危坐，一如優雅的水鳥，神情警覺，棲息在浮木之上。

……他們保守祕密，甚至不讓自己知道。她的話語在他思緒中迴盪。不過，卡巴薩想的並非如是緘默所涉及的語意問題，而是環繞著茱麗葉塔的沉默，圍繞著她的祕密：

她一出生，隨即遭到遺棄，童年在不同的鄉下孤兒院度過。如此，茱麗葉塔豈不是誕生在一個飽受忽略的世界，包裹在重重難言的呢喃之中？

「所以，每回我發現一個字，」她接著說：「就像找到一個小天地……或許是個房間、壁龕甚至凹室。我喜歡這樣，我喜歡尋找，在一片空無當中尋找一個詞彙。」

「再來一點藥草茶（*tisano*）？」他問道。兩人喝著馬鞭草茶，茶葉是從路邊一座小露台花園摘採來的。茱麗葉塔頷首微笑。

卡巴薩沒將翠綠的茶水倒進杯或壺裡，而是傳統的山村式的（*mountagnardo*）盛水玻璃容器。此刻，他比任何時候都要清楚，那失落的語言對茱麗葉塔意義多麼重大。唯有在失落的文法與亡佚的分詞當中，她才能確認自己的出生地，也唯有透過這樣的確認，她才能找到自己存在的依據。卡巴薩明白，茱麗葉塔求的不是碩士學位，而是自身的認同。而他希望，自己能爲她——優雅出眾宛如水鳥的她——帶來她所需要的那些詞彙，與豐富的宏亮音節。語言和詞彙豈不是他唯一擁有的入口？他只能透過語言詞彙穿越重重虛幻，進入先前禁錮的心田，撒下細心雕琢的音節種籽，不是嗎？

此刻，卡巴薩望著阿爾卑斯山明亮的藍光映在茱麗葉塔黑色的髮上。這時，他突然發覺茱麗葉塔正用手把玩著他的手指，他感覺她的手指抓攫住他的手掌，將他手掌翻轉過來，先看看這一面，再看看另一面。

「你的手指跟他很像，」她不像對著卡巴薩說話，而是自言自語：「簡直一模一樣。」她詫異地說。

「跟誰很像？」他問。

茱麗葉塔只顧著審視卡巴薩的雙手——先瞧手心，再看手背——對他的發問渾然不覺，更別說回答了。

「像誰的手？」卡巴薩鍥而不捨：「我的手讓你想起誰？」面對茱麗葉塔突發的好奇，卡巴薩不禁追問。

「我父親，」她回答，聲音彷彿呢喃：「我父親的手，」她低語，同時繼續檢視他的手，彷彿植物學家檢視熱帶林木獨特的葉脈。茱麗葉塔食指沿著卡巴薩的掌紋，滑過他攤開的手掌。若非她只想探知自己的命運，旁人可能將她誤認爲算命的婦人。

「我開始作夢，」她呢喃著，一邊凝視卡巴薩攤開的雙掌，彷彿望著餐碗。「每天每天，一個接著一個。我見到他，有生以來第一次見到我的父親，但卻見不到他的臉。他的臉總是被什麼包圍著，彷彿覆著陰影。是啊，他的臉從未清楚顯現。不過，他的雙手卻從潔淨的工作衫袖口露了出來。我至少看見了他的手，非常清楚。每晚，他的手都會出現，就像你的手。」她重覆說著，手指滑過他的手掌，彷彿那是剛出土的考古遺跡。此刻，卡巴薩不禁合攏雙手，裹住她的手掌，輕輕用力。其中透露的熱切和渴望，就連他自己都深感訝異。那一瞬間，兩人目光交會，卡巴薩眼神熱切癡情，茱麗葉塔則是雙眸迷離好奇。她看的不是卡巴薩，而是直直望向他的內在深處，彷彿等待某樣事物，從卡巴薩的前額、深陷的眼窩和堅毅的下頷後方穿透出來，瞬間成形。

那是在春天。直到春天，兩人才眞正成為情侶，從此進入相互敞開的神祕兩人世界，再也非此非彼。這幾乎可以說是個意外。他們逐一造訪上普羅旺斯的偏遠地區，拜訪居民，探詢幾已失傳的高地用語，蒐集聲音、諺語和軼事。兩人彷彿用功的學者。雖然兩人當中，一位是權威，另一位才剛入門，但他們興趣和熱情一致，都想竭盡可能，蒐羅消逝的語彙。這些語彙過去曾是某個人類社群溝通交流的共同因子。

那天早晨，他們又往高地去，*aperamount*。卡巴薩淸楚覺得，他們正越來越接近兩人各自以自己的方式共同熱切追求的事物。高地、牧場和羊圈的吸力越來越強，彷彿磁石一般，將兩人引向那已逝文化殘存的最後疆域。此刻，卡巴薩開車，不時瞥望茱麗葉塔俏麗的臉龐。茱麗葉塔下頷微揚，中間微微凹陷，側面望去，拉丁人似的鼻子相當修長。卡巴薩覺得，茱麗葉塔宛如遠古浮雕，宛如女祭司或山中精靈，只能在古代畫像裡尋覓。不對，卡巴薩突然改變想法，她不像浮雕。卡巴薩在心裡自言自語，你怎會想到其他人，你能想到的應該只有你幾已忘懷的某人。唯有那長年病弱的纖細女子。她年紀不及茱麗葉塔，產下獨子之後，不到三年便死於不知名的癌症。沒錯，你曾經領她走到壁爐旁的扶手椅上坐下。對她的印象，再怎麼模糊飄忽，在你生命當中，仍是最難抹滅的記憶。到底是什麼？卡巴薩自問，我和茱麗葉塔究竟在扮演什麼？我們兩人似乎各自在那蒼白倏忽的神似影像當中發現自己父母的身影。那些影像究竟是什麼？她在我掌裡發現了她的父親嗎？而我從她俏麗外表每每瞥見的——儘管飄忽不定——又是我的母親嗎？

車窗半開，茱麗葉塔的烏黑秀髮迎風飄揚，撫過兩側的太陽穴。霎時，卡巴薩聞到剛剛經過的大地，芬芳、濃郁、帶著鹼味，夾雜新翻土壤的氣息。春來了。高地春天姍姍來遲，一旦降臨，便是全然的祝福，一如居民殷殷企盼的其他事物。卡巴薩感受深刻。出了最後一片田野，道路蜿蜒，路旁下方五十米處，阿爾卑斯山泉水花涓涓。路的另一旁，筆直的山梣木葉蔭層層疊疊。兩人穿越明亮炫目的陽光，進入隧道。隧道接連不斷，漆黑暗影似乎難以穿透。光與暗，明亮與幽微，在阿爾卑斯山路上更迭交錯，神祕猶如形而上的元素。

此刻，車子剛剛通過幽暗的甬道，卡巴薩發現茱麗葉塔又在注視他的雙手。他雙手微曲，緊握方向盤。兩人隨即進入一連串的黑暗之中，車子沿著山路蜿蜒，兩人忽隱忽現，一明一暗有如光影。卡巴薩目光不時飄向茱麗葉塔，茱麗葉塔則注視著他的手，卡巴薩忍不住問：

「你現在還會作那些夢嗎？」

「一直都會，」她輕喟答道，目光轉而注視眼前的道路。

「會夢到他？」

她點頭。「會夢到，」茱麗葉塔近乎呢喃：「但也會夢到這裡。夢見他在這裡出現，到處都是木屑味的地方，木屑和柴煙。當然還有新剪的羊毛味。沒錯，我會夢見他在這樣的地方。他的雙手、袖子和乾淨無瑕的格子衫，他在伐木，或在菸味瀰漫的咖啡館裡拿著小酒杯啜飲山釀。我夢到的就是這些。」她一口氣說完，字字相連，無法增減半分。

對卡巴薩而言，一切都毋庸置疑。茱麗葉塔夢見自己無法記得的事物：她的親生父親、他的工作、土地的味道。她生於斯，那貧瘠的土地。卡巴薩自問，茱麗葉塔的諸般特質，不是充滿了普羅旺斯的氣息？土地若能決定容貌，塑造一個人的生理特徵，那麼，茱麗葉塔的種種特質非但普羅旺斯味十足，更充滿此地阿爾卑斯山區的特色。卡巴薩發現，茱麗葉塔全身上下都洋溢著高地、高原的氣息。她與生俱來的嚴肅，就刻劃在她柔滑高亮的前額。就連這樣的嚴肅，都訴說著岩石、瀑布，訴說著氣息濃郁的野生松木森林，訴說著喃喃低語和長久捍衛的家族祕密，訴說著椽木和天花板上懸掛的鹹肉（椽木和天花板都因長冬燒柴給燻得焦黑），訴說著男人吹噓自己在激烈牌戲中贏得的綠豆，而女人——沒錯，女人——則是力抗饑荒，透過私下交易古稱「月麥」的穀物，收集攢節粒粒「黃金」。訴說著春天到來，大家殷殷期盼的豐嫩煎蛋捲，與板子上晾曬的蘋果片。訴說著養蜂人敲打鍋釜，呼喚四散的蜂群，返回滿是格子的低矮錫頂蜂房。訴說著宰殺豬隻前夜，餵食木炭以清潔腸胃，並幫豬隻沐浴淨身，好為隔日的烹煮作準備。訴說著全村的虔敬耳語，談論他們曾經目睹的聖典，儀式不失莊嚴。訴說著穀糠，訴說著穀糠在強風中飛揚如火花。訴說著打麥、去糠、穀粒墜地，剝落的輕盈穀殼迎風飛舞，一如光滑的沙塵。一切一切，都刻劃在茱麗葉塔的容貌之上，刻劃在她的皺紋、特徵和外表之上。高地和高地艱困的生活交織成多重力量，全都濃縮展現在她的美麗容顏之上。

那天早晨，兩人一如往常出發尋找卡巴薩口中的「聲息的遺跡」。早晨照例降臨，幾乎是漫不經心地降臨了。兩人依舊拂曉出發，日出之前抵達河邊的碉堡城市希斯特宏(Sisteron)。接著，他們穿越杜杭斯河（Durance)，漸漸朝高地前進。兩人經過一方方田野，田野上栽植著精心修剪的薰衣草。他們從赭紅屋瓦的世界——地中海文明的特徵——慢慢進入阿爾卑斯藍色石瓦層層交疊的世界。其實，光憑屋瓦便足以判斷身處的海拔高度，經過最後幾個以藍石屋瓦爲頂的小村莊後，兩人進入新的世界。那兒的房舍以厚石片爲頂，其上滿布青苔。層層笨重的厚石屋瓦原是爲了保護房舍，此刻看來卻是壓過、終至壓垮了這些建築在陡峭山坡上的矮陋房舍。

那美麗的春日早晨，一切如昔，沒有特別的祥瑞氣氛。兩人猶如勤奮的學者，照例展開工作，四處探訪、記錄，每到一處便做田野筆記。那天，兩人特別致力記錄山區水車磨坊相關風俗民情的語音殘跡。先人藉由水車木扇旋轉和巨石研磨麥穀的聲音，以擬聲方式爲水車磨坊命名。透過簡單的諧音，磨坊不但得到命名，更獲得獨一無二的音韻。

因此，那天，兩人驅車穿越阿爾卑斯山上暗影幢幢的連綿隧道，最後來到法義邊境拉赫許（Larches）附近的水車磨坊。磨坊棄置已有一百年餘，然而，過去爲人所知的可愛名稱，至今仍在當地耆宿的記憶當中流傳。夏波夫人在村裡最爲年長，她站在映著陽光的狹窄陽台迎接兩人。從陽台可以眺望遠山。夏波夫人個子嬌小、駝背，雙眼蔚藍一如她褪色的圍裙。她用兩只小洗眼杯盛了堅涅啤（*génépi*）端給兩人，那是一種苦艾酒。洗眼杯上映著日光，平直的光線穿透交織，宛如火焰。夫人說，要是她記得沒錯，確實有個特別的名詞，「意義格外深長」——她用的是 *pèrtoucant* 這個字。兩人啜飲苦艾酒，一邊注視老婦人縫補衣物，試圖和她一起回想那失落的名稱。是茱麗葉塔先注意到老婦人其實不在縫補衣物，而是在拆除縫線。老婦人一針一針拆除破舊衣物的針腳，就爲了重新取得那珍貴的縫線。

「*calou ou cales*，」老婦人開始喃喃低語，起先彷彿只是自言自語，而非對著茱麗葉塔和卡巴薩說話。此刻，老婦人面帶微笑，反覆哼唱一段副歌，一遍一遍，彷彿哼唱兒歌：*calou ou cales, li voou, li vas*：

我下，你下；
我沉，你沉。

「對，就是這個，」老婦人告訴兩人：「這就是貝隆（Bellon）的水車木扇發出的聲響，所以，這裡的人都把這座水車叫做 *calou ou cales, li voou, li vas*。」

那天下午，卡巴薩和茱麗葉塔親自造訪這座水車磨坊。磨坊位於山中深谷的谷底，置身廢墟之中。瀑布在磨坊一側，曾爲這座矮小的水力工廠提供動力。瀑布從一塊塊的大卵石旁迤邐而下，時而碎成泡沫無數，時而流動蜿蜒，宛如白紗。但那天下午，兩人走錯了邊。他們沿著狹長深谷向下，卻走到磨坊對面。兩人穿越高過頭頂的樅樹林，陽光穿越濃密枝葉，在地上留下光點斑斑，還有一小群奇妙植物，橫陳在兩人面前。他們朝下方瀑布前進，急促的對話在深谷裡激起回聲陣陣。兩人沿著大卵石形成的天然階梯向下，水聲越來越大，直至兩人無法聽見對方，唯有水聲呼嘯轟隆，將兩人跫音淹沒。尋找激流途中，卡巴薩察覺，茱麗葉塔雖然言笑晏晏，卻伸手拉住他的外套袖子。她頂著水聲叫喊，試圖跟他說話，他卻隻字未聞，只見她雙頰凹陷，嘴唇開闔，齒間閃爍光芒，反覆訴說她欲傳達的訊息。此刻，茱麗葉塔無視水聲震耳欲聾，指著卡巴薩大喊：「你，」他聽見她說：「你得抱我，抱我過溪。」她一邊說著，一邊笑了開來。

茱麗葉塔雖然高䠷，不過卡巴薩更是魁梧，而且那天還穿了防水登山膠鞋。兩人當中，卡巴薩配備遠比茱麗葉塔齊全，足以肩負涉溪的艱鉅任務。兩人來到一處，巨大光滑的卵石連接成群，非常適合涉水過溪。卡巴薩將茱麗葉塔抱在懷中，精心計算跳躍的步伐，帶她過溪。茱麗葉塔雙臂環繞卡巴薩的頸子，修長苗條的雙腿穩穩停放在他的肘彎上，舒適地伸展著。卡巴薩非常驚訝，她竟是如此輕盈，同時震懾於那濃郁脂香，彷彿從她身上所有孔竅散發出來，讓卡巴薩深深迷醉。瀑布水流湍急，浮沫處處，茱麗葉塔笑容依舊，卡巴薩抱她涉水走到對岸，卻捨不得將她放下，無法如先前預期，帶她走到荒廢磨坊跟前。狹長山谷裡陽光明豔，茱麗葉塔黑髮轉為鐵藍，髮絲迎風輕輕拍打卡巴薩的雙頰。他覺得自己漸漸失去氣力；他發覺，在她輕盈目光注視之下，他那巨大卻又輕薄的「超我」——由限制、移轉和昇華所形成的支撐架構，他總是以此辨識自己——整個崩解了。他感覺，體內另外有股力量升起，取而代之。這力量更爲久遠、單純、直接，充塞卡巴薩體內每道神經、每條筋腱、每個細胞。這股力量彷彿自有意志，驅使卡巴薩的雙唇親吻茱麗葉塔，讓他發現，自己竟然用牙齒輕咬她的雙唇，吸吮著，同時竭力將她拉進他洶湧的暗潮，拉進他如潮汐般起伏的深沉血脈當中。此刻，卡巴薩使勁拉扯她的皮帶，當最後的扣環鬆脫，兩人倒臥地上，地上滿是松針，兩人大腿以上衣物盡褪，沐浴在一方直墜而下的陽光裡。此刻，卡巴薩開始撫摸茱麗葉塔身上每一處細紋和線條。而她則是伸長身子，頭枕著手臂，單膝微微舉起，背著光，動作近乎凝滯。茱麗葉塔以近乎完美的被動姿態迎合卡巴薩，卻毫不退縮。她讓他動作，任他撫愛啜飲，任他吸吮輕囓。現在，她讓他進入，讓他重開蹊徑，以粗率的前後律動，衝向她存在的深處。卡巴薩以狂野回應她的冷靜，以潺濕回應她成束肌肉的乾燥，以大開的雙眼對應她微微交闔的黑色眼睫，她的睫毛蜷曲、修長，一如阿拉伯花飾。面對卡巴薩，茱麗葉塔既不鼓勵，也不躊躇退縮。她就像個旁觀者、窺淫者（*voyeuse*）❺，或是對整個行動深感興趣的第三者。她在卡巴薩的連續衝擊當中取樂，卻當自己並不在場。瀑布旁，茱麗葉塔對卡巴薩逐漸沉重的喘息恍若未聞，耳中只有那狂野激盪的白色水花轟隆奔騰。就在那裡，茱麗葉塔同自己割離決裂；就在那裡，古老的水車磨坊曾經哼唱：

我下、你下；

我沉、你沉。

三個星期過去了。某天早晨，庭院狂風大作，百葉窗敲得迴轉鉤啪啪作響，茱麗葉塔因爲嘔吐醒來。她立刻坐起身子，拿床單拭去唇邊穢物，同時笑了開來。卡巴薩躺在她的身旁，從未見過這樣的微笑。他看著，滿臉詫異。自從造訪磨坊的那天午後，兩人便同床共枕、共處一室。茱麗葉塔甚至拿他的法蘭絨條紋睡衣來穿。不過，說不上是不約而同，兩人當中，茱麗葉塔依然較爲被動，依然保持那曖昧的距離，那令人好奇興奮

❺ voyeuse 爲法文。

的遙不可及，一如三周之前，瀑布旁的那一天。這樣的有所保留只讓卡巴薩更爲興奮。每晚，他總是既狂野又興奮，進入她緊窄收縮的肌肉甬道，兩次、三次、四次，企圖長驅直入，觸碰那「距離」的深處，直抵茱麗葉塔成謎過往的幽微源頭。然而，儘管他不斷逼近，卻始終不得其門而入。直到三周之後，那天早晨，他才驚覺「距離」突然消失無蹤。茱麗葉塔與生俱來的保留，那令人好奇興奮的遙不可及，就這麼轉瞬消失。此刻，茱麗葉塔拭去唇邊的穢物，綻開前所未有的微笑，她的目光不是向著過去，也非穿越，而是初次直截穿入卡巴薩心底深處。

「這不是很有可能嗎？」她興奮地問。卡巴薩還來不及回答，她已經下床，消失在隔壁的浴室裡。不久，她又回到臥房，穿著新睡衣，全身上下散發忍冬花的芬芳。她兩指拈著溫度計，動作優雅，彷彿那是方才摘下的花朵。「我的意思是，經過這些日子，這不是很有可能發生嗎？」

「當然，」他說：「當然可能。」他反覆說著，在那一刻，一股憤恨，或是妒忌，襲上卡巴薩的心頭，充塞全身。

「啊，難道你不覺得嗎，菲利浦？」她又說了一次，同時將溫度計放在床頭桌上，摟著卡巴薩的頸子。這是她第一次呼喊他的名字。

「當然，當然，」卡巴薩呢喃著，盡力向她保證。此刻，茱麗葉塔雙頰撫摩他的肩膀、頸間，修長的雙手環抱他的腰，卡巴薩聞到那股脂香，天然濃郁的油膏芬芳，侵入他的感官。「哦，跟我說嘛！卡巴薩，跟我說那是眞的，」她懇求著，希望聽見卡巴薩親口說出，她的身軀分分秒秒不停釋放的確鑿訊息。

於是，他說了。他反覆向她訴說她已然知悉的事物。告訴她，她生命當中一切微小信號直覺揭示的確切訊息。那一刻，茱麗葉塔覺得自己最大的渴望已然確鑿無疑，卡巴薩卻覺得自己的企盼突然散逸無蹤。那一刻，卡巴薩發現，他永遠無法完全擁有茱麗葉塔，他永遠無法進入茱麗葉塔那樸拙自然的合一狀態，因爲那裡完全將他排除在外。他永遠無法穿透她的存在，直達深處，將她——只有她——帶回，讓她完全成爲他的。此刻，卡巴薩明白，從今而後，他們再也不是雙雙對對，而是三人世界。其實，那群微小器官已經開始生根，從他以無上熱情崇敬的肉體汲取生存的汁液。茱麗葉塔是卡巴薩一人的宗教圖騰，是他世界裡唯一的「他者」。在他心中，再沒有其他人存在的空間。卡巴薩覺得，茱麗葉塔自己還是孩子，因此唯有她得以接受他的愛戀。那愛戀帶著呵護，甚至猶如父愛，卻又昭昭然充滿慾望。

「祝福你，」此刻，她靠在卡巴薩肩上呼息，雙唇在他頸間游移。「祝福你，菲利浦，祝福你，」她低語著。這時，卡巴薩緊閉雙眼，毅然邁向自己未曾預期、更遑論選擇的沉重關係。

從那天早晨開始，春天在降臨茱麗葉塔心中。說春天並不爲過，因爲此時正值普羅旺斯櫻桃花開，處處粉紅似錦，繽紛妍麗；因爲她覺得體內皺縮的小生物正在長大，小生物將自己封在重重緊綳的圍牆之中，卻又充滿自以爲是的姿態。茱麗葉塔從未像此刻一般，如此以自己身體爲樂。她未曾像現在這麼喜歡站在等身鏡子面前，放鬆雙臂，直到指尖，手指蜷曲如莢，撫摩那尚未成形的小小世界。茱麗葉塔一看再看，從來不曾像現在這麼喜歡自己鏡中的影像。她會站在鏡前，從上到下撫摸她的身體，同時抹上杏仁油，直到身體成爲一件閃閃發光的工藝品。她的雙手力道十足，順著修長苗條的雙腿直撫而下，在胸房和日漸鼓起的腹部雕琢畫圈，茱麗葉塔不但是自己的模特兒，更是自己隨興創造的作品。此刻，她後退半步，雙掌置於油亮高翹的臀部之上，注視自己鏡中的影像。

春天，在生氣勃勃的明亮空氣中，在茱麗葉塔幽暗的螺旋子宮裡。這些日子，茱麗葉塔開始撰寫論文。她想編纂一本辭典，涵蓋沒落養蠶業的所有詞彙，以及這些詞彙的方言變化。卡巴薩回想，茱麗葉塔之所以進入那個神奇世界，不正是因爲瓦隆索附近那群女人接納茱麗葉塔，並在其後幾個星期，將她安置在蠶繭似的所在，供她吃住，並且和茱麗葉塔修長的身軀狎暱廝磨？剛巧，春天也是養蠶的季節。這就是春天。短暫而又密集的六周之後，蠶兒由卵蛻變成蛹。春天的氣息不僅浮盪在空氣中，不僅奔騰在茱麗葉塔的體液裡，更存在於她日復一日的研究裡。在她懷孕期間，茱麗葉塔仍然致力研究。何況，養蠶本來就是女人的工作。養蠶需要女人耐心養育與謹愼呵護。她隨即發現，這個主題和她當時的心境恰恰遙相呼應。外在的春天和她體內的春天如同心圓般相互嵌合，茱麗葉塔坐在小橡木桌前，提筆開始寫下論文的最初幾頁。

兩人對各自的研究都極爲投入，實在很難得空。兩人的婚禮其實草率。出於必要，只有兩位公證人出席，儀式過後，再到附近咖啡館小酌兩三杯茴香酒，整個婚禮不過如此。是夜，兩人以自己的方式慶祝新婚：他們做愛，溫柔而又小心翼翼，戲稱對方是先生（*monsieur*）和夫人（*madame*）❻。但隔日一早，兩人又各自埋首工作。藉由文法變化追蹤消逝的人類活動，茱麗葉塔感到分外滿足。她覺得自己正在拯救那失落的經濟活動，使之免於滅亡。覺得自己正親身參與生活。她才剛剛開始，從「卵」的部分開始：婦女將珍珠似的微小種籽（*la grana*）放進她們縫製的小囊袋（*estoupouns*）中，再將囊袋放在裙間溫暖的摺縫，或藏匿在緊身搭包裹的胸房之間。婦女培育尚未成形的蠶兒，靠的唯有自己的體溫。她們會儘快孵化蠶卵，不過得等白桑樹（*l'amorié blanc*）抽出第一道嫩芽，如此才能確保這些蠕動的小生命得到充分的滋養。

十天過去，婦女可以說是未來蠶兒的孕母。她們身爲母親，會將新孵的幼蟲安置在事前小心預備的滋養室裡，像個幼稚園。這些滋養室（*magnanarié*）通風良好、溫度適中、光線充足，此刻成爲蠶兒的家，往後數周，它們將在此經歷四個蛻變期，從小巧優雅的幼蟲，長度不及一公厘，一下成長六倍，變成蒼白嗜食的饕餮生物。蠶兒需要不停餵食，

❻ monsieur，madame爲法文。

也不停獲得食物。蠶兒成群躺在木盤（*levadous*）之上，木盤層層堆疊，猶如雙層臥鋪，餵食的桑葉也越來越多。蠶兒最初只吃葉芽，那是最嫩的部分。然而，四次蛻變後，就算桑葉成車送上，源源不絕，堆得老高，蠶兒也是啃噬殆盡。此時蠶兒巨大的咀嚼聲（*la granda frèso*），有人比做乾燥落葉林裡的傾盆大雨。

爲了編纂辭典，茱麗葉塔閱讀所有相關著作，拜訪依稀記得那沒落產業的相關人士。她比較不同地區的發音，「掌控」所有特定詞彙的價值。春日荏苒，茱麗葉塔手邊收集了無數的民族語言學資料。六月，她寫到蠶的成長關鍵期：成蟲完全停止進食，開始去除體內不潔之物，蠶身變得半透明，某位植物學家形容爲「熟透的白葡萄」。這時，蠶蔟期（*encabanage*）❼開始，蠶兒彷彿收到奇妙的指示，不約而同貼著直立的細枝（*enramas*），並且開始吐絲成繭。蠶兒不停轉動頭部，好讓如唾沫般的絲線不致沾到胸側的一雙腺體。這些小生物三天內不停吐絲，誰也無法阻止，每隻蠶兒吐出的珍貴乳白纖維長度都在一

❼ encabanage 爲法文。

公里以上。唯有噪音可以嚇阻它們。一聲雷鳴便能震斷絲線，讓蠶兒不再吐絲，破壞整年的收成。一見雷雨將至，婦女便會聚集起來預做準備，她們開始搖鈴——掛在山羊或綿羊身上的鈴——或是輕敲鍋碗瓢盆，好讓她們的「小寶貝」有所準備，迎接隨後到來更具破壞力的雷雨轟隆。婦女一分鐘一分鐘地增加噪音音量，蠶兒則是動作加快，拼命吐絲。如此，即便雷雨到來，蠶兒的絲線也不會斷裂。

撰寫桑蠶故事，無疑讓茱麗葉塔找到描述自己初始狀態的完美比喻。藉此，她得以窺探一個完全隱匿的生育世界，尤其當那些小小織工發育成熟，開始吐絲，層層加厚，裹住自己，將自己封閉在皎潔如雪的蠶繭之中，無視於重重絲牆外的一切。蠶兒預備自己，迎接神奇的蛻變，轉生爲翩翩飛舞的蝴蝶。

「不過，這部分我不能寫，」某日午後，她向卡巴薩自承：「我寫不下去。」此時，兩人比肩坐在長桌前工作，桌旁的落地窗大開著。「就是她們收集蠶繭的部分，我寫不出來。」

「你是說把蠶悶死嗎？」

「嗯，就是把蠶悶死，*estoufage*，」她答道：「她們將蠶繭從柴枝梯子取下，再將蠶繭蒸熟，讓蝴蝶無法逃脫，無法破繭而出，才不會破壞先前辛苦織就的蠶繭。」

「可是，蠶絲才是重點啊，」卡巴薩反駁道。

茱麗葉塔搖頭，動作極爲輕柔。她的秀髮輕顫如水波，她說：「不對，蠶絲本身一無是處。蠶絲存在的目的就是要包住未來的生命，好保護它們。」

「但是對那些婦女來說，蠶絲才是重點所在，」卡巴薩語氣堅持：「那些養蠶女工（*magnanairé*），世世代代，一年到頭的收入，全靠這一個半月不眠不休地餵蠶、照料它們，這是她們的一切。養蠶是她們唯一的收入。對她們來說，養蠶收入再少，再微不足道，至少意謂著自食其力，意謂著她們可以維持自己的卑微生計。」

「可是，對蝴蝶來說就不是這樣了，」茱麗葉塔倚著敞開的大落地窗，一邊喃喃自語。此時庭院已是花團錦簇，茱麗葉塔雙手微曲，按著腹部，彷彿自言自語：

「不對，對那些悶死的小蝴蝶來說，不是這樣，」她反覆說道：「不是這樣，一點也不。」她說著，同時不禁想像那些安靜的小生物在蠶繭裡蜷曲著，這時，致命的蒸氣送進密封的箱子裡，那兒將是蠶兒最終的歸宿。

那一刻，茱麗葉塔是否預見了自己的命運？見到自己在短短數周之後的某日深夜，腹部急劇收縮，接著一股灼熱黏稠的體液難以抑制地衝向腹側？她是否見到自己體內「蛹」的死亡？整整一個月前，醫生告訴茱麗葉塔，胎兒「胎位不正」，不過只要母親小心一些，多加照料，便能順利生產，不致橫生枝節。此刻，醫生在半夜三點醒來，站在茱麗葉塔床邊，搖頭不已。太遲了。載她前往地區醫院的救護車其實毋需著急，也毋需拉響警鈴，更毋需衝上急診室門前的人行道，表演特技。茱麗葉塔已然失去她最珍貴的資產。

一周後，經過一連串產科檢查，茱麗葉塔獲知，她的子宮畸形無法矯正，自己再也無法生育。茱麗葉塔堅持轉診，到其他醫院接受檢查。她沒有預約，在候診室一等就是幾個小時。然而，所有檢查都和第一次相同。無論如何，茱麗葉塔注定不孕。「不孕」一詞在茱麗葉塔聽來，不啻宣判死刑。「不孕、不孕，」她反覆呢喃，感覺自己的生育權遭人剝奪，再也無法擁有子嗣。更糟的是，茱麗葉塔再也無法藉由撫養自己的小孩，藉由內心發出她長久渴望的母愛溫柔，來填補那無邊的空虛。

「不孕，」某日午後，她輕聲說道。當時，兩人正漫步穿越卡巴薩名下的廢棄櫻桃園。卡巴薩已經記不淸楚，究竟哪片果園、哪塊農地、哪座橡樹林仍是他的資產，哪些土地又已賣出：爲了滿足自己的微薄所需，卡巴薩每年都得出售土地。這些年來，他的土地大幅縮小。此刻，兩人穿過櫻桃園，果園無人整理，土壤未翻、枝葉不修。去年長成的櫻桃雖已過熟腐爛，卻還在鏽紅色的枝梗上搖搖欲墜。茱麗葉塔流產之後，又過兩周，卡巴薩才發現，茱麗葉塔也正逐漸消亡流失。其實，他整個世界都在動搖支解。

「我決定結束，」她突然說道：「我要全部放棄，」兩人散步之際，她這麼說。

「放棄什麼，茱麗葉塔？」卡巴薩輕摟她的肩膀，卻覺得自己抱著的人已經「不在」了，他的指尖甚至感受不到一絲壓力。

「放棄我的研究，我的工作，」她呢喃著，聲音越來越輕，最後彷彿不是和卡巴薩說話，而是自言自語：「放棄我過去幾個月的辛苦成果，那一切都不再重要了，」她說，聲音聽來似乎已然飄向遠方。茱麗葉塔注視地面，指尖攫住她剛摘下的一小束百里香。

「死的字彙、死的詞句，」她接著說：「想要喚醒完全死亡的世界，這念頭眞是不堪一擊，不，這些我再也沒興趣了，」她說著，神情惱怒，一邊拿著小花束拍拂身體，彷彿敷壓傷口。她的聲音越來越弱，越來越遠，越來越模糊難辨：「那些死的，那些死掉的人的故事，他們在山頂上追逐蜜蜂，或敲打鍋碗瓢盆，好讓蠶兒在雷雨時依然吐絲，這一切現在都失去意義了，什麼意義都沒有了。」

卡巴薩還記得，語詞對茱麗葉塔而言曾是一切。她曾把語詞稱爲「現實的點點滴滴」。他還記得，找到一個特殊的辭彙就能讓茱麗葉塔得以將萬事萬物分門別類，各安其位。他還記得，保存垂死的語詞曾讓茱麗葉塔有歸屬感，彷彿找到自己安身的處所。她全憑語言爲自己建了一座音調鏗鏘的家園，不是嗎？她不是從許多耐心搜羅的語詞中，發現那失落遺產的模糊輪廓嗎？此刻，她卻放棄了。字句、詞彙，和她自編辭典當中的無數詞條——沒錯，就是她親手重建的養蠶女工（*magnanaire*）世界——全都散逸無蹤了。此刻，茱麗葉塔發現，自己希冀的家園永遠不可能出現。此刻，她無依無靠，沒有任何事物能保護她，讓她免於內心空虛的困擾，她的五臟六腑彷彿掏空，一如去核的水果。

兩人走到山腳下。卡巴薩回想兩人初次比肩同行，在亞維儂城外，一起走向他的車子。他記得自己發現她的步伐同他有著毫秒的遲疑，他記得那微小的遲疑界定了她的世界、她的主權，她一開始便跟旁人劃清界線。這點立刻吸引了卡巴薩，讓他著迷而又困惑，因為對他而言，這意謂著「距離」本身，這是所有美麗事物寓居的深邃處所。即便在瀑布旁兩人初次做愛，茱麗葉塔依然保持那樣的「間隔」，那難以察覺的遙不可及。直到三周之後，那天早晨，她發覺自己有了身孕，那「間隔」突然消失，距離也不見蹤影。茱麗葉塔看著他，目光直直穿透他的雙眼，直達他內心深處。懷孕一事，茱麗葉塔不禁將之視為生命中最大的恩賜而無限感激，因此，她終於接受了。卡巴薩則是深感意外，並隨即對已然在她子宮裡定居的陌生生命感到妒忌，對那「第三者」感到憤恨。因此，他不認為這是什麼恩賜，也就未能真正捕捉那天茱麗葉塔眼中的神采。現在，那樣的目光，那樣的神采和無限感激，全都消失了。這天下午，兩人比肩散步，茱麗葉塔的聲音聽來彷彿跟他隔著無法跨越的裂隙。即便此刻，他輕摟她的肩頭，他也明白，自己不過摟著一副漂泊的靈魂，一個人形潰散的生物。

「死的字句、死的語詞，」茱麗葉塔不停說著：「那個死亡世界的所有詞綴——那些死的文法詞綴。」她說著，兩人走出梯田果園，朝著卡巴薩那片寬闊的殘破農莊走去。這時，卡巴薩發現，茱麗葉塔開始用她摘下的脆弱百里香針棘摩擦她平坦的肚腹。她拿著針棘不停摩擦，最後只剩下一根禿鈍的小枝。卡巴薩將她摟得更緊，儘管如此，他不得不承認，即便自己越摟越緊，還是覺得懷裡其實空空如也。

就在那個星期，卡巴薩決定爲茱麗葉塔流產一事負起全責。他這麼做，出於自己越來越清楚他無心造成但卻無法挽回的傷害。當他聽見她懷孕的消息，不是立刻感到憂慮疑懼嗎？他不是覺得這絕對是個不幸嗎？他不是希望茱麗葉塔屬於他一人所有，而且只屬於他，於是從一開始便對他口中的「侵入者」感到憤恨嗎？但直到現在，他才知道這些惡意對於茱麗葉塔子宮搖籃深處所孕育的小生命，影響有多大，無論這些惡意是如何的委婉曲折。他相信，自己這麼做非但癱瘓了小生命，更癱瘓了茱麗葉塔，讓她無法擁有另一個自己。何況，茱麗葉塔已經得知殞落的小生命是個女的，是個小女孩，是個小茱麗葉塔。卡巴薩自問，他爲何不能愛屋及烏？爲什麼？他不斷自問。這問題彷彿無情利刃，自有其意志，深深錐刺他的內心。

與此同時，茱麗葉塔卻是越走越遠。起先，她在菜園幫米烈歐姑媽種菜、鋤草、整理和移植盆栽。往往完工回家，她全身上下聞起來就和她親手栽植的植物一樣，充滿脆綠的氣息。之後，她越來越常往菜園後方的森林裡去。那兒有其他根苗與植物等著她。

她開始越走越遠，朝她面前的可能世界四處遊蕩。對茱麗葉塔而言，哪裡都不夠遠。此刻，她僅剩的可能未來彷彿就在那烏有之鄉，就在寬闊隳壞的農莊正後方，矮橡木上的洪荒遺跡。她在那片荒地上，發現在她之上的秩序：自然界的動植物群相，未經人類馴化，成爲作物家畜，唯一遵循的唯有四季節氣。那裡，沒有人用鐵線刺穿、支撐或引導葡萄藤蔓，也沒有人用鐵絲捆繞，限制大自然戲耍遊戲，更沒有人用犁頭耕鋤土地，或用殺蟲劑污染空氣。在加里哥矮灌木林（*garrigue*），大自然仍會提供必要的養分，保護、協助林中生物繁衍後代。如許環境自給自足，而且自有其規律，僅僅仰賴生態系統的微妙運作，便能生長茁壯，根本毋需人類插手。

「喔，瑪格莉，」米烈歐姑媽總會哀嘆：「你又留下我一個人了。」姑媽喜歡有她這位年輕女孩在菜園裡幫忙。她將女孩誤認爲自己的女兒。她喜歡茱麗葉塔，茱麗葉塔高大、纖瘦、四肢靈活。她喜歡茱麗葉塔俯身調節灌溉水流的模樣。狹長的灌溉溝渠潺流經成列的萵苣、胡椒和綠皮葫蘆之間。「就像小男生一樣，就像很可愛、很可愛的小男生一樣。」米烈歐姑媽語帶讚嘆。她也喜歡茱麗葉塔漫步回家的模樣。茱麗葉塔低聲哼唱，臀部兩側各自掛了草莖編成的簍子，保持平衡，簍子鼓脹飽滿，裡頭全是新鮮蔬果。

但如今，茱麗葉塔不在了。「喔，瑪格莉，你到底要離開我幾次？」米烈歐姑媽問道。在那隆起的鈣質荒地上，茱麗葉塔究竟去了哪裡，又是如何度過一日時光，沒有人知道。只曉得她總會帶回一些野生水果或是蘑菇。偶爾，她也會雙手捧著鶇鳥回來，顯然是從自己設的木製陷阱裡捉來的。茱麗葉塔是獵人，也是蒐集者；她總是獨自一人進入自己專屬的舊石器時代。她沉默、完全遙不可及，只是不停注視死去的小鳥，在她掌中了無生氣，一如卵石。

而她每晚躺在他的身旁，也是如此無精打采，了無生氣。她的身軀彷彿抽空似的，只剩影像、氣味和最浮面的輪廓。茱麗葉塔躺在床上，彷彿供人參觀的木乃伊。至於做愛或性交，更是可想而知。卡巴薩呢，他抱著茱麗葉塔，或者說，他抱著茱麗葉塔的幻影，彷彿抱著雲朵，或是迎風暗影的飄忽輪廓。他無比溫存地摟著這位美麗的缺席者，讓她貼著他，雙手撫過她的光滑秀髮，同時在她耳邊低語，用兩人共享的垂死語言，訴說他地老天荒、永不止息的愛戀。

某晚，卡巴薩一如往常抱著茱麗葉塔，而茱麗葉塔也獻出自己，或許不是獻給卡巴薩的身體，而是獻給他的呼吸、他的呢喃。這時，他發現她在發燒，他發覺她全身上下都在冒汗。茱麗葉塔鎮夜在睡夢中啜泣，不時發出短促微弱的斷續哭聲。發燒揭開了結局的序幕。從那晚開始，茱麗葉塔體溫不斷升高，汗水越流越多，斷續抽咽也越來越頻繁。痛苦同樣與日俱增。茱麗葉塔生來苗條，現在體重開始下降，到了令人擔心的地步。幾個星期下來，茱麗葉塔雙頰凹陷，修長可愛的手指也瘦骨嶙峋，猶如紡錘。她雙眼無神，往昔光彩盡失，皮膚也日漸蒼白，毫無血色，彷彿從體內開始褪了顏色。茱麗葉塔顯然病情嚴重，但她卻拒絕就醫。事實上，她拒絕任何醫療照顧。卡巴薩發現，她越來越常靠牆或手扶門把支撐身軀，所需時間也超過正常。她仍不時造訪她鍾愛的加里哥矮灌木林（*garrigue*）。數小時散步回來，她口袋裡裝滿榛果和一小把米迦勒雛菊，彷彿花就開在她的掌中。儘管如此，她的身子卻是越來越弱。就連這樣的短暫出遊也越來越少。茱麗葉塔衰弱的速度顯然越來越快，任誰也無法抵擋這無可挽回的結局。茱麗葉塔不將自己託付給任何事，任何人。卡巴薩思忖，她可能罹患子宮頸癌。除此之外，還有什麼疾病能如此迅速侵蝕她的生命？當然，卡巴薩不停懇求，夜復一夜。當她靠著他，彷彿他不是愛人，而是回憶，快速消逝的回憶，這時，他都會向她哀求。

「我們必須找人幫忙。」卡巴薩哀求。

茱麗葉塔搖頭，呢喃道：「沒有人可以找。」

「找專家，茱麗葉塔，明天一早，我們就去馬賽找專家。」

「不要，」她說：「根本就沒有專家，難道你不明白嗎？這種事，根本就沒有專家。」她說著，語氣平淡、無動於衷，聽不出她對自己有絲毫憐惜。她只是完全的順服。對她而言，自己的生命已然結束。當她明白，再也沒有任何延續，沒有任何繁衍，她的生命就結束了。此刻，她已然無力超越自身的限度，創造得以延續她生命的事物。

「不過，你不會忘記，對吧？」她突然低語道。此刻，兩人並肩躺臥，就著第一道晨光凝望天花板。

「忘記什麼，茱麗葉塔？」

「那天早上。」她輕聲說道，外面庭院樹葉婆娑，她的聲音幾不可聞。

「哪天早上，茱麗葉塔？」卡巴薩問道，他突然堅決地抱緊自己能抱住的一切：任何茱麗葉塔可能留下的蛛絲馬跡、任何微不足道的痕跡、任何看來毫不相干的印記。他知道，自己就要失去她了，因此極力蒐集她的一言一語，彷彿收藏遺跡，以對抗那快速降臨的最終結局。

「那天早上，」她說：「風吹著，就像現在。風吹著，我醒來，第一次感覺嘴邊有嘔吐留下的穢物。你不會忘掉那個早晨，對吧？」

「不會，」他發誓：「我永遠不會。」

「那天，窗戶也是這樣砰砰作響，我還記得。就像這樣砰砰作響，我在唇邊發現穢物，清清楚楚。我從未嘗過如此甜美的事物，這一生中從來沒有。」

卡巴薩握住她的手：「茱麗葉塔，我不會，」他向她保證，態度莊嚴一如立誓：「不會，我向你保證，我永遠不會忘記。」

「好甜美，」她喃喃自語：「真的好甜美，」她說著，雙眼半開半闔，聲音越來越微弱，幾不可聞。

三天後的晚上，茱麗葉塔翻身靠著卡巴薩的壯碩身軀，失去了體溫。她的指甲嵌進他的肩頭，雙腿和卡巴薩的雙腿緊緊交纏。那一刻，茱麗葉塔雖然緊緊纏繞著卡巴薩，但卻失去生氣。時間彷彿靜止不前，卡巴薩花了好久好久，才從她最後的纏抱中掙脫。茱麗葉塔讓他在這世上得以和生命緊緊相繫，儘管如此，卡巴薩還是慢慢掙脫開來，指尖、手臂、雙腿，卡巴薩就這麼一點一點離開了茱麗葉塔。此刻，卡巴薩總算掙脫她僵硬的軀殼，他的愛人也就此消失無蹤。這一刻起，卡巴薩進入自己創造的秩序當中，死去的茱麗葉塔將昇華成爲新的茱麗葉塔·，這一刻起，從冰冷的屍體當中，將會浮現新的影像，如夢似幻，而他心中光彩奪目的耀眼神祇，就在其中。

幫茱麗葉塔入殮的是米烈歐姑媽，是她幫茱麗葉塔穿上象牙白的亞麻衣裳，又在她髮上插上俗麗的塑膠小玫瑰花，一如茱麗葉塔剛到卡巴薩的殘破莊園之時。「瑪格莉，我的瑪格莉，」姑媽哀慟地說，一邊將一朵人造鬱金香放在茱麗葉塔交疊的雙手之間。假花和茱麗葉塔凹陷的雙頰、哥德式的修長屍身形成強烈的對比。

「現在，你永遠離開我了，對不對？我的骨肉、我的心肝。現在，誰都不在了。不在了，再也不會有人了。」米烈歐姑媽哀傷呻吟，直到深夜。她聲音顫抖微弱，在寬闊殘破的莊園房裡迴盪，聲聲空洞，更勝以往。

翌晨，卡巴薩發現，慟失愛女的姑媽將整座莊園都變成了悼念亡者的所在。她完全依循普羅旺斯的傳統，她爲所有鏡子覆上黑紗，卸下走廊裡高大古鐘的鐘擺，古鐘是卡巴薩祖父遺留下來的。根據習俗，這麼做可以讓剛死的魂靈更快升天，不受自己影像和人類時間的無故提醒與羈絆。

幾天後，卡巴薩發現另一項米烈歐姑媽恪遵的習俗。那天下午，卡巴薩在矮灌木林中散步，他沿著茱麗葉塔走過的路，來到長滿石南的多風高地。那裡，他看見一排毀壞的蜂房，隔板被人錘破，散落一地，地上還有錫製覆板的碎片。蜂房荒廢可能已有半世紀之久。事實上，卡巴薩憶起，他祖父頭戴網紗面罩，逐間煙燻成排蜂房的景象。此刻，他途經此處，發現姑媽也爲所有蜂房覆上喪葬的黑紗。他凝望著黑紗迎風飄揚，拍打荒廢的蜂房。

卡巴薩靜靜佇立，俯視蜂房。他感覺自己生命已然結束，成爲過去。就連此時此刻似乎都已成爲過往，成爲吞噬萬物的過去的一部分。卡巴薩明瞭，從此刻起，他必須爲自己另覓新生。卡巴薩俯視黑紗拍打著那些荒廢蜂房的側面，思緒卻是向上飛揚，裊裊直達天際。

III

「因為我有件很美好、很神奇的事要跟你說，」茱麗葉塔辭世兩年後，她在卡巴薩夢裡如此保證。從此，那個夢和夢中的話語，不僅困惑著卡巴薩，更讓他揮之不去。事實上，我們大可以說，那夜，茱麗葉塔的一席話，讓卡巴薩從此心無旁騖，數個月前便開始一心準備迎接他夢境的季節，同時也是松露的季節。唯有吃下神奇塊菰，在隨之而起的敏感狀態下，他才能再次觸及他慟失的愛人。事實上，那年，卡巴薩度過春夏與初秋，彷彿這些季節只是為了悄悄製造深藏地底的菌類植物。現在，對卡巴薩而言，自然的一切不過是為了孕育那些獨特的蕈類而預作準備。

突然，卡巴薩的作息開始和那些塊菰一般無二。他知道，從四月開始，那些已然乾枯的松露會開始從無數的小孢囊裡釋出孢子，孢子將隨風、鳥、昆蟲和哺乳動物四處散播，不久便會落地發芽，抽出白絲，人稱「菌絲」。菌絲在地底遷徙移動，如果幸運，遇到寄主植物的細小幼根，便會開始共生。如是結合純屬偶然，不過是潛行菌絲和冬青槲的意外相遇，但松露卻因此而生。四月到六月之間，松露仍像微小的浮泡，但會開始發芽。共生關係當中，松露提供寄主水、氮和礦物鹽，以換取自己無法獨自取得的糖和蛋白質。

卡巴薩發現，菌絲和細根的結合是大自然的奇蹟。塞奧菲瑞斯特（Theophrastus）❶認爲松露是閃電和大雨的傑作；波菲力（Porphyry）❷則認爲，松露出於神祇之手。松露讓人敬畏順服。卡巴薩自忖，松露成熟正好需時九月，難道純屬偶然？但在成熟之前，

❶塞奧菲瑞斯特（Theophrastus，西元前三八〇—西元前二八七年）：希臘漫步學派哲學家，曾師事柏拉圖及亞里斯多德，在亞氏之後接掌雅典學園（Lyceum）。

❷波菲力（Porphyry，西元二三三—三〇四年）：羅馬帝國時代，主要的新柏拉圖主義哲學家。

松露必須克服重重難關，滿足無數條件。例如，松露需要鈣質土壤，但鈣質又不能太多。一年當中，只有特定月分可以下雨。地表梯度要夠，以達最大逕流，但又有嚴格的地貌限制。冬季要有霜凍，松露才能成熟，但時間不能太長，必須在限度之內。事實上，影響松露成長的因素好壞並非絕對，有如某種附加條款，正反並陳。

鰥居第三年春天，卡巴薩依然警醒敏銳。他發現，松露已然開始接受一連串的漫長試煉，其間充滿各式潛在的威脅。松露需要一定的熱量與溼度才能生長，春末若是降雨過多，就可能淹壞松露成長中的柔嫩幼根。同理，春末若是霜凍，幼小的松露可能死於嚴寒，而不及成熟。因此，卡巴薩開始用手指敲打氣壓計，盯著窗外，更加留意雲朵運行，與庭院裡高大梧桐枝葉的輕微顫動。他知道，若是一切順利，如果老天幫忙，滋潤大地，讓美妙的松露在十一月生長成熟，屆時，自己在漫漫等待之後，便會曉得，茱麗葉塔說有「很美好、很奇妙的」事情要跟他說，究竟意謂什麼。

那年春天，卡巴薩甚至細細審視鵲鳥築巢。普羅旺斯古諺有云：鵲巢低，冬冷冽。其實，現在，卡巴薩對自然的蛛絲馬跡全都仔細辨識，一如閱讀啓示預言。空氣中的一切在在影響大地，並於數月前預先揭示，他將在地底掘出何種物事。春日推移，卡巴薩卻只是不停想像入冬之後他將擁有何種夢境。他仍去教書上課，但卻神情恍惚，他的智識生活已然變得虛幻不實。與此同時，他只是一心準備迎接松露帶來的「意象」。「意象」已然成爲他生命中的唯一眞實。

春日荏苒，卡巴薩接連收到亞維儂大學校長的警告信函。他因教學品質低落而飽受斥責（學生在報告中表示，卡巴薩上課「內容模糊」、「結論不明」、「前後矛盾」），更糟的是，卡巴薩許多時候根本沒有出席。卡巴薩就算讀過這些信函，也是相應不理。現在，修課人數不斷減少，每周出席的學生也越見稀落。過去，這堂課在他教授之下，曾經醍醐灌頂，備受推崇。卡巴薩遲遲才察覺他人的不滿。現在，他對任何事都反應遲鈍，除了講堂天窗外桐樹迎風搖曳的模樣。偶爾，他也會透過天窗注意到月暈瀰漫，充滿喜訊。

所幸，在卡巴薩因爲怠忽職守遭到開除之前，學年便已結束。他得到緩刑，儘管他毫無知覺。忘卻專業、學識，以及身旁世界種種，卡巴薩反倒異常快樂，只因春末一場小雨滋潤了乾涸大地。他知道，依然幼小的塊菰將因小雨而不再乾渴，得以順利度過生長的關鍵時期，亦即「母親（*Damo*）雙節期」。母親雙節期從八月十五日的聖母升天節（*Nosto-Damo de l'Assoumciuon*）開始，到九月八日的聖母誕辰（*Nosto-Damo de la*

Nativeta）為止。此時降雨豐沛，雨量約在五十到六十公厘之間，松露也如雨後春筍般蓬勃生長。短短數日之內，松露就會長大數百到數千倍。也在此時，松露脫離寄主，終止共生關係，開始獨立生長。

卡巴薩等待著。等待八月中旬，空氣漸趨凝重，每日午後都有雷暴雲頂在東方出現聚集，看來似乎未曾變動。雷暴雲頂結構巨大、向上旋曲，不時雷電閃爍，恍若血脈。霎時，雲層看來更加巨大黝黑。然而，直到八月二十日，卡巴薩才確實聽見雷鳴；直到二十三日，才有不成氣候的降雨，零星落在庭院裡大梧桐樹的乾枯枝葉之上。

其實，真正猜對雷雨降臨時間的，是米烈歐姑媽。五天後的晚上，她帶著蠟燭和一對煤油燈，放在餐桌上。茱麗葉塔辭世之後，姑媽和卡巴薩便一起用餐。失落讓兩人相聚相依。每晚，兩人都會相偕走進那小小的親密圈子。此刻，米烈歐姑媽將蠟燭和煤油燈放在桌上，說：「我保證，你的羅勒大蒜濃湯（*pistou*）還沒喝完，就會停電了。」接著，她以近乎欣喜的語氣補充道：「等著瞧吧，你會知道，我這個算命的有多厲害。」

果不其然，正當兩人品嚐熱騰騰的羅勒濃湯——這湯根本不像液體，倒像固體——才吃一半，只見一道閃電射向庭院，離他們不到十公尺。電源開關箱裡一條保險絲應聲而斷，霎時，整座農莊一片漆黑。

「在那兒，」米烈歐姑媽高興得咯咯笑著，因爲自己鐵口直斷而開心不已。「那裡、那裡，」她開懷大笑，一邊繞著桌子，逐一點燃蠟燭和老舊銅製高筒煤油燈的燈芯。火柴照亮她的手指，彷彿透明的小碗。她的臉龐也由下而上顯出光彩，臉上皺紋密布。「你瞧、你瞧，」她高興大喊。

此刻，閃電接連不斷，彷彿頭尾相接。牆面泛白，閃著錫器般的光芒。雷擊不歇，地板下方傳來陣陣搖晃。「你瞧、你瞧，」米烈歐姑媽說道。此時，卡巴薩卻手拿開塞鑽子，旋開他收藏最久的、最醇厚的渥克哈斯老藤紅酒（Vacqueyras）。只因雷雨爲陰鬱的殘破農莊帶來解脫，爲漆黑的房間與走道添上某種輕盈的歡快。卡巴薩在兩只高腳杯裡斟了酒，朝米烈歐姑媽舉杯，不過，敬酒的卻是姑媽。

「敬瑪格莉，」她舉杯爲敬：「敬我們摯愛的瑪格莉。」

「嗯，」卡巴薩點頭稱是：「敬瑪格莉。」

「無論她在哪裡，無論她現在在哪兒照料美麗的花園。」

「嗯，無論她在哪裡。」卡巴薩應著，一邊舉杯就唇，杯上閃電光影悠悠顫動。

是夜，卡巴薩躺在床上，聽見頭上雨水滴落粉紅屋瓦的空洞聲響，間或聽見冰雹擊打屋頂的乒乒乓乓。從小他便聽說，松露——冰的果實（*fru de glaco*）——向來被人視爲此一大氣現象的產物。他不曉得，古人當初如何將兩者連結起來：一個是天上掉下的白色冰塊，一個則是與世隔絕的地底黑色塊菰。儘管如此，兩者關聯證據確鑿。尤其像那晚的冰雹，更是明證，因爲冰雹發生在兩個母親（*Damo*）的節日之間。冰雹加上正確的時間，準是吉兆無疑。

一如往昔，夏末雷雨風暴過後，隨之而來的便是強勁不息的北風呼嘯。北風吹乾土壤，甚至造成地表龜裂，因此常被稱爲「泥濘剋星」。不過數日，表土便已乾燥一如荒廢的地板。卡巴薩將此視爲信號，地貌學的信號。松露在夏末雷雨風暴之後，成長異常驚人，其上土壤因而出現二十到四十公分不等的隆起，狀如囊腫，並在地上留下雞爪般的痕跡，人稱*pèd-de-poulo*。卡巴薩非常清楚，這時該做什麼。他抓了把大麥種籽放進口袋，循著小徑，前往他名下的廢棄梯田。小徑一旁橡樹成林，一旁則是荒廢的杏仁、蘋果和杏桃果園。一遇到*pèd-de-poulo*，他便在爪痕中央灑下麥種，同時繼續搜尋下個目標。

那天早晨，他發現十多個爪痕，並用麥種一一註記。他知道，數周之後，初秋雨水就會破壞爪痕，流竄的淤泥將會填滿那些微小的裂隙。儘管如此，屆時，麥種便已發芽，留下橙紅小穗，迎風搖曳，以爲標記。這些標記將會點出地下的幼小松露，無一例外。

不過，現在才九月。離十月二十五日的聖奎邦節（*Sant Crespin*）還有兩個月，屆時，白色松露將慢慢變灰；離十一月十六日的聖瑪格莉特節（*Santo Magarido*）還有兩個半月，屆時，隨著地表初次霜凍，灰色松露也將轉呈黑色。唯有此時，才能採收這神奇的果實。然而，一如以往，卡巴薩得同時上課教書，並和進階班的學生討論課業。每周，他會開車到亞維儂。途中，他會留意天空動靜、雲朵形狀與風向變化。現在，重要的唯有這些天象。因爲卡巴薩的冬日夢境便取決於秋季此時的天候變化。當然，這不表示，卡巴薩一整年都未夢見亡妻。但他的夢境都像浮光掠影，短暫片斷，稍縱即逝。或是驚鴻一瞥，或是茱麗葉塔環抱雙膝蹲踞，抑或是破碎話語迴盪在空氣之中。然而，一到入冬，夢境便迥然不同。冬季夜晚，卡巴薩吃下色黑味濃的松露，隨即進入他稱之爲 *disposicioun* 的催夢情境。此時夢境完整，事件前後相連，色調飽滿，猶如影片，而且似乎無止無盡。夢中，他將再次與他摯愛的茱麗葉塔取得聯繫。

一如往昔，他將車停在城外，走進校園，動作猶如控制精良的機器。他走進講堂，開始上課。出席學生越來越少，他低聲細語，不斷重覆，迷失在自己的論證當中，面對一連串飄忽不實的推論，毫無頭緒。此外，他時常沉默不語。這時，專注的學生便會發現，卡巴薩正張目凝視，看著講堂最末一排的空蕩座椅。他目光專注，癡癡望著某個座位，彷彿受到磁石吸引，彷彿座位布滿帶電離子，而他受到離子吸引，因此無法言語，只能癡癡凝望。

十月，卡巴薩遭到留置觀察的處分。校長寄來冗長的斥責信函，警告卡巴薩，校方將不再容忍他最近的行爲。校長隨信附上表格，列出卡巴薩的缺課日期，並且摘錄與日俱增的學生投書。不過，很難說，卡巴薩到底有沒有拆這封信，遑論閱讀信中內容。事實上，很難說，卡巴薩到底還拆不拆信。不光是信件，就連帳單，他也不理不睬。水電和電話費催繳通知三番兩次寄來，都杳無回應。然而，菲利浦・卡巴薩畢竟「身在他方」。其實，隨著松露季節到來，卡巴薩似乎放下手邊一切事務，全神貫注於近在眼前的康莊遠景。他心中只有未來，更加致力進行一系列的準備工作。留意他在雞爪（*pèd-de-poulo*）

上種下的麥籽抽芽，審視地表一塊塊乾枯的土壤，顯示今年將是豐收。卡巴薩已然進入終極的國度。環繞他的物質世界，牆壁、房間、農莊，早已變得透明無形，不再成為物質。事實上，此刻唯有外面的土壤，唯有即將來臨的地表霜凍，才有意義可言。卡巴薩再無其他心思，只是一心企盼約會。

十一月初，某夜，卡巴薩的房子突然陷入一片黑暗。因爲積欠賬單，電被切斷了。奇怪的是，對卡巴薩而言，這事似乎無關緊要。他和米烈歐姑媽就著燭光共進晚餐，一如兩個月前雷雨侵襲當晚。兩人餐後端著藥草茶，走到起居室的爐火旁。此時，若是有人走進起居室，定會震懾於眼前的景象。卡巴薩和姑媽起居度日不但缺乏電力，一景一物都彷彿回到過去的普羅旺斯。這樣的景況已然消失超過半個世紀。兩人或在爐火邊沉默對坐，或在小牌桌上玩貝洛特（*belote*）牌戲，紙牌窸窣夾雜爐火噼噼聲響，兩人各自沉浸於自己的思緒當中，他們與黯淡的白熱燈泡，距離之遙，莫此爲甚。兩人傾聽自己，傾聽內心的思緒，或是爐火噼噼作響，此刻要是有外人走進室內，定會以爲自己眼前所見的，是已逝文明的遺跡。

偶爾，卡巴薩會獨自一人靜靜翻閱年鑑。年鑑本身就是古董，是卡巴薩目前唯一的參考用書，裡面不僅述及月亮盈虧、行星會合、蝕相時辰等重要資訊，更包含農業文明當中流傳已久、經得起時間考驗的各種諺語。電話鈴響之際，卡巴薩讀到的諺語，正是關於帶來降雪的仲冬寒風：*la rodo*。卡巴薩意興闌珊，起身到隔壁房間接電話。

「菲利浦？」他聽見話筒一端傳來遙遠模糊卻又熟悉的聲音：「菲利浦，是你嗎？」

他確定是她。

「眞的是你嗎？過了這麼多年。」她問道。即便兩人關係非比尋常，那人語氣聽來仍是太過熟稔、太過親暱。「不過，答應我，」她輕聲懇求。可想而知，她的嘴巴一定緊靠話筒：「答應我，你不會跟別人說，不管是誰，別說我打電話來。請你看在我的份上，答應我。」

他答應了。他才剛答應不向外人洩漏兩人對話，瑪格莉便開口要求碰面：「地點你挑，哪兒都行。不過，越快越好。如果可以，最好馬上。今晚，或明天早上都行，總之越快越好。」她輕聲懇求，以她熱切的口吻。

卡巴薩提議，兩人當晚在卡維雍（Cavaillon）的世紀末咖啡館（*Café Fin de Siècle*）❸

❸ Café Fin de Siècle 爲法文。

碰面。那家咖啡館看來像是糖果盒，裡面滿是鏡子、壁畫和洛可可式的裝潢，彷彿漂浮在橢圓浮雕碑飾之上，感覺非常適合兩人這次晤面。當晚，卡巴薩滿心困惑，早她一步抵達咖啡館。她一到咖啡館，穿過優雅的玻璃門，卡巴薩便爲兩人如此神似驚詫不已。瑪格莉高䠷、身材纖柔，一頭烏黑秀髮光澤亮麗，一雙長而略顯猶豫的眼眸，確實像極了茱麗葉塔。

瑪格莉坐下，雙手握住卡巴薩的手，以她一貫熱切的口吻輕聲說道：「你沒跟她說，對吧？」

卡巴薩搖頭。

「一個字都沒說？」

「一個字都沒說。」

「她到底過得如何？」她問得有些匆促，一邊越過肩頭望向後方。

「她很想你，非常非常想你。」

她收回目光，凝視卡巴薩，依然握著他的雙手，而且比先前更加堅決，她坦承：「菲利浦，我有麻煩了。很大的麻煩。這件事，我不想讓她或任何人知道，你懂嗎？」

「麻煩？什麼樣的麻煩？」

她再次轉頭找尋侍者，爲自己點了一杯威士忌，雙份的威士忌，卡巴薩則是點了杯濃縮咖啡（*café exprès*）。「什麼樣的麻煩？」他又問。

「出了件事，」她狠狠啜了一口威士忌，搖搖頭，秀髮霎時出現晶瑩的弧線，彷彿光滑的圓盤。此時，她才定下心來，開口詳細敍述事情的始末。她提起數月前在魁北克城裡參加了一場派對：「我承認，那場派對眞是非常瘋狂，不過也沒有那麼誇張。」顯然，派對持續了一整夜：「我當然喝得七葷八素。不過，其他人也差不多。」她說著，一邊轉頭越過肩頭望向後方。「我跟你保證，大家都一樣。」她如是堅稱。

「到底發生了什麼事？」

「我開車回家，路上撞到一個小孩，小孩很小，正要去上學，」她說著，拿起酒杯，又猛灌了一口威士忌：「我沒看到她。不過，我聽見她的身體撞到保險桿，飛了出去。我聽見她發出急促的尖叫，整個人飛到路邊。」她告訴卡巴薩，握著他的雙手越來越緊：「菲利浦，我需要你幫忙，懂嗎？我非常需要你幫忙。」她輕聲細語，一口氣說完，嘴裡散發的威士忌氣味，隔著小桌，朝卡巴薩臉龐直撲而來。

卡巴薩可以想見接下來的事。他可以一步步推論出他表妹後來遇到的事：意外發生後，她遭到魁北克警方逮捕，隨即以殺人罪起訴，她嗑藥喝酒導致肇事逃逸，甚至可能侮辱警官。卡巴薩可以想見，她入獄數日之後交保獲釋。她一出獄，不但立刻逃離魁北克市、魁北克省，並且隨即出國，急於挽救她荒唐的生命。

「拜託你，菲利浦，」她懇求著，一邊用大拇指一一撫摩卡巴薩的手指，順著指節向下，直到兩指相接之處。「我願意爲你做任何事，任何事。只要你幫我。我求你，菲利浦，請你幫幫我。」她說著，同時將臉湊近卡巴薩。

卡巴薩凝視眼前這張臉龐。他得承認，無論特徵或是性格，瑪格莉和茱麗葉塔就算不是雙胞胎，也是姊妹。米烈歐姑媽其實並非錯得離譜。一樣憂傷的大眼，一樣修長優雅的鼻子，嘴角微微上揚，彷彿總在盼望著什麼。就連下巴中央的凹陷都讓他黯然想起他的愛妻。事實上，此刻，她的拇指撫摩他的掌心，前額輕輕靠著他的額頭，瑪格莉不僅看起來像茱麗葉塔，因著威士忌的辛辣氣味，她還散發淡淡脂香，猶如松柏芬芳，聞起來也跟茱麗葉塔一般無二。卡巴薩爲兩人如此神似驚詫不已。此刻，她秀髮如漆，拂向卡巴薩，輕刺他的雙頰，彷彿微小的電擊。霎時一股電流嘶嘶作響，流竄卡巴薩全身，直達末梢。瑪格莉全身上下無一不像茱麗葉塔，氣味、外表、感覺。事實上，兩人此刻坐在黝黑的咖啡館裡，座位成排，兩人前額相觸，她的拇指熱切撫摩他的掌心，卡巴薩耳中只有水聲。奔騰而下的水聲。那山泉沛然莫之能禦，宣洩而下，水花四濺，猶如白絹。四年前，就在那裡，卡巴薩初次占有了茱麗葉塔；就在那裡，兩人的聲息為潺潺流水所淹沒，消逝在那奔騰的激流之中。

「嗯，怎樣，你會幫忙嗎，菲利浦？」她問道，反覆地問。此刻，她大拇指的指甲深深嵌進他掌心柔軟的凹窩。「你會幫我嗎？」她鍥而不捨。然而，卡巴薩耳中只有那奔騰而下的白色水花，對於瑪格莉的話語幾乎隻字未聞。他什麼也聽不見，除了宣洩而下的豐沛山泉。在那幽遠的午後時光，即便最狂野的呼喊，也在那阿爾卑斯激流的轟隆不息聲中，悄然淹沒。

「怎樣？」她問道，嘴巴貼近卡巴薩的唇，以致他的雙唇因著她的話語而顫動：「我願意做任何事，你要求、你想要的任何事。只要你開口，菲利浦，我都會去做。」

要是卡巴薩世故一些，對前因後果瞭解再多一些，他當下就會領著瑪格莉，在附近路邊找家旅館——這些旅館便是為此而存在。然而，卡巴薩幾乎別無選擇。出於根深蒂固的本能反應，我們這位中年單身漢邀請瑪格莉一同回到他在世上唯一知悉的地方：他山上的殘破農莊。她立刻答應了，沒有絲毫遲疑，同時伸手撫摸他的大腿，並在他唇上印上深深一吻。她還答應，一回農莊，她便一聲不出，以防驚醒她的母親，並且在隔日一早她母親醒來之前離開農莊。不過，她堅持再喝一杯威士忌才走，她說，那是「睡前酒」。之後，兩人總算離開咖啡館。兩人挽著彼此，走向卡巴薩停在咖啡館後院的座車。上車之後，門一關上，瑪格莉隨即緊緊挨著卡巴薩，纖細修長的手在他兩腿之間游走，最後雙唇貼上他的嘴，將話語吹進他的齒際：「答應我，菲利浦，現在就答應我。」

卡巴薩只得點頭。他什麼也聽不見，耳鼓裡唯有奔騰而下的白色瀑布敲擊迴盪。「用說的，」她堅持：「答應我，用說的。」她說。此時，她的裙子已然褪至腰際，雙膝緊緊夾住卡巴薩的壯碩身軀。

他照辦了。他試著壓過那無可抵禦的奔騰水聲，答應她會盡力籌措她所需的款項，多少都行。

「多少都行？」

「多少都行。」他再說一次，同時發覺她苗條的身軀滑進他的懷中。

「現在，」她說道，一邊輕咬他的耳際：「現在，你可以載我回你家了吧，嗯？」

然而，一等兩人走進他那寬闊破敗的農莊，一等兩人相互拉扯，褪下對方衣物，倒臥在寬大堅實的彈簧床上，等卡巴薩終於俯身在瑪格莉之上，終於深深進入了她，先前震耳欲聾的轟隆水聲卻嘎然而止。那奔騰的瀑布，一小時前才在卡巴薩耳邊復活，此刻卻完全沉默了。這時，他聽見的唯有表妹的急促輕喟，在他身下，在他之上，與他迎合。他不僅試圖進入她身體，更想藉此進入他愛人的內心深處。然而，隨著瑪格莉的快感不斷升高，他的嘗試不僅慌亂，而且徒勞。不久，卡巴薩只得承認，這次經驗雖然刺激，卻是徹底失敗。儘管他的表妹似乎不知疲累，身體緊貼著卡巴薩，不停起伏擺動，然而，他抱著的，不過是個空洞的肖像、虛假的替身。瑪格莉高潮不斷，卡巴薩的反應卻是無動於衷，一片漠然。

是夜，不知過了多久，卡巴薩定是睡著了；也不知過了多久，瑪格莉定是起身下樓，在廚房裡翻箱倒櫃，找酒來喝。不過，吵醒他的不是瑪格莉，而是玻璃杯的墜地聲響。在停電的房子裡找東西，很難不碰掉什麼。卡巴薩摒住呼吸，他聽見自己心跳如鼓，雙眼大張，在房裡漆黑的牆上梭巡熟悉的事物、微弱的反光。然而，轉眼間，他最擔心的事還是發生了。

「是誰？」他聽見他姑媽大喊：「誰在那兒？」她重覆著，一邊蹣跚走向樓下的廚房。卡巴薩知道，她手裡一定拿著手電筒。接著是一陣長長的沉默，卡巴薩不禁猜想，米烈歐姑媽一定拿著手電筒，細細審視自己的女兒。終於，她大喊：「你到底是誰？你在這裡做什麼？你怎麼可以闖進別人家？你以為你是誰啊？」

卡巴薩聽見，瑪格莉試圖解釋，他不斷聽見有人在說「母親」：「你難道不記得了？是我，瑪格莉啊，你的女兒。」

「瑪格莉？」米烈歐姑媽聲音嘹亮。

「沒錯，你的小瑪格莉。」她向她保證：「我大老遠從加拿大回來，母親（*maire*），就是為了看看您，跟您在一起，照料您。」

「瑪格莉？」她又說著，語氣猶豫。

「沒錯，母親，是我。」卡巴薩猜想。此刻，瑪格莉應該語帶哀求，同時挨向前去，試圖擁抱自己的母親。「而且，我還帶了禮物給您。禮物還在旅館，不過，我會拿過來，連同緞帶和其他東西。明天一早，我保證，我的母親（*ma maire*）。」她說著，一邊伸出雙臂摟住那矮小頑固的婦人的肩膀。

「瑪格莉？瑪格莉？」米烈歐姑媽問道，聲音突然變得輕柔，同時悠遠，只因這個名字似乎讓她思緒脫竅而出，四處漂流。

「沒錯，沒錯，」她女兒向她保證，同時收束雙臂，摟緊母親的肩頭：「是我，是我，你不記得了嗎？」

「可是，瑪格莉，我的瑪格莉在天堂啊。」老婦人反駁道，彷彿只是自言自語。卡巴薩想像，她此刻應該舉目望著被煙燻黑的天花板。「她在那裡才對。」米烈歐姑媽說道，語氣安祥，冷靜自制。「她在那裡有自己的小地方，很美的地方，還有個小花園，她在那裡弄花蒔草。我的瑪格莉應該在那裡。」米烈歐姑媽神情恍惚，聲音抑揚頓挫：

「喔，只有母親才認得出自己的骨肉。」此時，瑪格莉將她母親摟得更緊，將她緊緊抱住。

「只有母親，」卡巴薩快步下樓，同時不斷聽見她這麼說，他急忙下樓帶開兩人，領著已然胡言亂語的可憐姑媽，回到殘破農莊一隅，她自己的住處。與此同時，瑪格莉站在一旁，目睹整個景況，彷彿置身事外，一如生人。此刻，她才是孤兒。米烈歐姑媽一步一步緩緩走向臥房，手電筒在破損的地板上灑下一個個圓，彷彿光的水坑，她踏著光映成的水坑前進，沿路不停反覆呢喃：

「喔，只有母親才認得出，認得出她自己的骨肉。」

計算過瑪格莉重獲新生所需的龐大金額之後（他一點也不相信，瑪格莉說她想收回被沒入的基金，僱請有能力的律師，而在審判之後，除了接受判決，還得償還大筆債務），卡巴薩打電話給那位房地產仲介商。他能做的極爲有限。翌日，在仲介商辦公室，當卡巴薩說出所需金額，仲介商詫異地吹了聲口哨。他不是不高興。多年來，他一點一點不停購買卡巴薩的地產，這次是幾塊荒蕪的梯田，下次是一小塊荒地，再下次則是偏遠的屬地，也許是鴿舍，或是養蠶房。他絕不會不高興。他短短時間之內就已取得卡巴薩遼闊地產裡較佳的部分。然而，說來奇怪，他買下這些曾經豐沃一時的土地，但到現在卻連一丁一甲都沒轉賣。卡巴薩時常自忖，他在等什麼？等他拿到所有土地？等到每吋土地都落入他的手中？等待每一扇門、每支門把、每個生鏽的鑰匙孔都成爲他的資產？

隔日，卡巴薩和仲介商去找公證人簽定倉促寫就的出售契約，契約裡密密麻麻寫滿各項條款、修改紀錄以及補充事項。卡巴薩因為表妹的事覺得空虛不實而備感沮喪。然而，現在已是十一月，卡巴薩另有要事盤據心頭。公證人宣讀繁瑣的出售條款，與此同時，卡巴薩卻凝視窗外。他望著月亮漂浮在山坡之上，缺了四分之一。窗戶猶如小小的方形窺孔，四周全被書架包圍。架上塞滿厚重的檔案資料，用骨白色羊皮紙裝訂，有些檔案甚至可以上溯文藝復興時期。月亮置身厚重人類紀錄之中，自在漂浮，無拘無束，彷彿天上派下的使者。月亮輕盈、幽遠，自由漂浮於數世紀的爭執訴訟之外，漂浮於無止無盡的土地買賣公證事務之外。透過買賣，這裡每吋土地都曾出售轉賣、讓渡搶購、出租劃分、占據易手、重新分配，一如無窮牌戲當中的紙牌。那天下午，月亮飽滿的蝕虧讓卡巴薩超脫手邊事務，讓他掙脫公證人單調無趣的抑揚頓挫，和他逐條宣讀的出售條件：某年某月某日，根據何種條件，卡巴薩將名下土地當中哪些部分以多少金額售與授權之仲介商。卡巴薩事先已經要求，出售土地取得的款項直接轉入瑪格莉新開的帳戶，她是在里維耶拉（Riviera）海岸一個時髦的休閒城鎮開的戶頭。

卡巴薩心思繞著月亮，沒有檢查，便在厚達十七頁的出售契約上簽字，遑論聆聽公證人宣讀複雜繁瑣的規約條款。事實上，他可能一邊凝望月亮，一邊簽字，臨時在心裡計算：還有多久月亮才會轉圓，並因此帶來今年第一次大霜凍。十一月，月亮將會通報松露的到來。對卡巴薩而言，月亮將會宣告他的夢境季節正式展開。

事實上，卡巴薩已散盡土地、賣出一切，但卻毫不知情。然而，或許他根本不以爲意。他只是癡癡凝望月亮漸盈，爲他引來他的茱麗葉塔，其他事物再也無足輕重。

IV

茱麗葉塔辭世後的第三年冬天，菲利浦・卡巴薩和他摯愛的人共度了悠悠夏日。兩人日日在夢中相遇、擁抱、熱切交談，相互陪伴，度過數小時，甚至數天。即便夢境其實不過短短幾分鐘，卻似乎自有其完整、獨立的時空。日復一日，夢境接連不斷，兩人置身的世界柔膩一如蜂蜜，澄澈一如琥珀。

十一月中，夢境再度開啓。大地初次霜凍之後，松露生長成熟；數日後，卡巴薩挖到重達七十五克的松露。一如往常，他將松露靜置三日，之後才切成厚片，伴著軟黏的炒蛋吃下。他這麼做，半是基於習俗，半是出於迷信。在普羅旺斯，根據習俗，要將松露和雞蛋密封在玻璃罐中，讓松露「煨香」雞蛋三日。至於迷信，顯然是卡巴薩個人受到基督宗教影響的殘餘。他對「聖三」懷有奉行不逾的尊敬，事事都以三爲單位，就連自來水筆的墨水都加三次。三添墨水之後，還得讓金質筆尖滴墨三滴。料理松露也不例外，不惜代價，「聖三」原則都須恪遵嚴守。

最先出土的松露帶來的，是最初的懸浮夢境，一連串的神奇景象，在冬天一一展開，彷彿戲劇情節連續不斷。預備過程中，卡巴薩再度開始他自訂的儀式動作：將松露和著柔軟澄黃的炒蛋吃下，坐在爐火旁，喝下一大碗馬鞭草茶，心不在焉瀏覽學術著作，讓自己一點一點攝入那美好的狀態，他喜歡稱之爲 *disposicioun* 的狀態。卡巴薩坐著，等待空蕩走廊裡高大擺鐘敲打九聲。九點正，卡巴薩起身回房。樓上臥房的天花板樑木低垂，房內臥床、雙人枕頭和漿洗過的被單擺置的模樣（被單兩邊都以同樣的斜角仔細翻摺），彷彿除了卡巴薩，還要接待某人。

確實另有其人。卡巴薩鑽進放置妥當的被單裡，回想去年冬天最後一個松露夢境，同時開始簡短的「禱告」：複誦茱麗葉塔在那悠遠夢境中的話語。在他熟睡之際，茱麗葉塔旋即出現。她仍然低語著：「我有件很美好、很奇妙的事要告訴你。」但這回，她不是從遠處呼喊卡巴薩。事實上，她近得不能再近：「什麼事，」他懇求道：「什麼事，我的茱麗葉塔？」她拉他的手作爲回答。她拉著他的手直下腰際，按住她的小腹。「感覺到了嗎？」她輕聲問道，語氣熱切：「有嗎？有嗎？」她不停說著，同時更加用力，將他的手按在自己的腹部。兩人此刻緊緊相貼，彷彿兩個塑像鎔鑄爲一。卡巴薩確實感覺到那鼓脹，幾乎無法查覺，一如三年前，只是這回更加明顯。這次感覺更大、更圓，彷彿茱麗葉塔懷胎順利，未曾中斷。「菲利浦，這不是很神奇嗎？這不是世上最神奇的事嗎？」她問道。卡巴薩答得毫不遲疑：「是啊，是啊，我的茱麗葉塔。是啊，絕對是。」過去這三年，他終於和自己的良心達成和解。他終於發自內心有所體會：面對生命中最大的奇蹟，自己非但親眼目睹，更親身參與。在這肉眼不可見的「第三者」身上，有著他和茱麗葉塔兩人唯一可能的未來，有著兩人終極的遠景。

「來，」她呢喃著：「我們上樓去吧。」

「可是，你可以嗎？」卡巴薩緊張問道。

「來，」她招手示意：「不過要小心，就這樣。我們只要小心這個。只要慢慢走就好。」她催促著，一邊牽著卡巴薩的手，領他走過幽暗的樓梯，走進臥房，躺在成排椽木之下。事實上，此刻他正是在這間臥房，夢見這一切。一切彷彿夢中有夢，猶如炫目強光，層層疊加在他過於哀傷的身軀之上。

「要慢慢地，」卡巴薩將她寬鬆的家居褲褪至踝邊，她又說了一次。接著，他幫她脫下底褲，同時再次吸吮那黑色柔軟的「生物」。那滲著水光的深邃器官，因爲懷孕獲得了迥然不同的豐嫩感覺。

「噓……」她低聲說道，同時倒在床上。「噓……」她又出聲，提醒卡巴薩她目前的狀況。此時，卡巴薩已然褪下身上所有衣物，裸身靠著茱麗葉塔，感覺她的指尖帶領著他直直向下，毫不遲疑直抵那豐嫩的角落。

「噓……」她又說了一次。

「噓……，噓……」鎮夜，兩人做愛，茱麗葉塔不停說著。兩人小心翼翼，緩緩動作，但卻不斷嘗試，直到兩人一起達到高潮，熱烈而又急切，一次一次，沒有停歇。

「噓……」她不斷提醒他。

「噓……」她不停地說。鎮夜，伴著她的溫柔懇求，卡巴薩再度不由自主聽見那遙遠的阿爾卑斯瀑布水聲轟隆，聲響越來越大，更甚往昔。

之後那個星期，下起了雪。卡巴薩明白，一般而言，下雪是件好事，因爲雪會保護松露，讓松露舒適藏匿其下，不受侵擾。此外，雪還能趕走掠食者。松露溫和的地底幽香非但吸引人類，也引來其他動物垂涎，如熊、獾、草地野鼠，甚至行動緩慢的貪食蛇類——*Helix promatea*。因此，雪非但讓松露不受人類侵擾，也讓其他哺乳動物、鳥類和腹足動物無法接近。然而，降雪不過數日，卡巴薩便已開始敲打氣壓計、觀察溫度計，揣測融雪時間，以及何時能夠重見大地，看到身如麥稈的小蒼蠅四處飛舞，揭露地底的祕密。然而，十二月初，隨著月亮漸漸盈滿，越見晶瑩，每晚氣溫卻是不斷下降。

「可惡（*Malan*），」他低聲詛咒，望著窗外那一圓玉盤。月光直直照射在通往鄉間道路的車道兩旁的成排桑樹之上。「可惡，」他再次詛咒，紫藍色的雙眸斜睨那一面光鏡，一邊攪拌那碗冷掉的馬鞭草茶。他知道，下星期不會有香膏或隱花藥水，充當形而上的渡船，引領他到愛人身旁。沒了。現在沒有任何事物能帶他到茱麗葉塔身旁。不，是帶他到兩位茱麗葉塔身旁。更有甚者，卡巴薩心中再無懷疑，她懷的一定不是胎兒，而是小孩，一個小茱麗葉塔。

是夜，他夢到兩人，是兩人沒錯，但卻片斷不全。只有短短的浮光掠影。夢境殘破彷彿鏡子碎成片片，粗糙無奇，讓卡巴薩備感孤寂。夢境既無關聯，又不連續。翌晨，他醒來聽見米烈歐姑媽在樓下走動，在起居室裡撥動爐火，她的軟拖鞋（*pantoufles*）❶拂過如肥皀般光滑的大石地板。事實上，這就是現在他每日起床時的光景。他的生活已然極爲制式，猶如機械。除去驚奇的夢境「意象」，卡巴薩的生活不過是一系列固定僵化的動作與事件，當中沒有任何新意，唯有不斷的重複。天天都像最後一天，餐餐都是最後一餐，論文引經據典，彷彿無止無盡，頁頁讀來都像最後一頁。至於教學義務，與其說卡巴薩缺課棄教，不如說他完全忘記有課要上。大學校長正式發函，提出最後通牒，他卻沒有拆閱，猶如其他越疊越高的各類帳單。顯然，卡巴薩「身在他方」。夢境生活已然成爲他生命中唯一具有意義的清明時光。

「可惡（*Malan*），」他不停詛咒，凝視窗外的蒼涼大地，大地至今已然霜凍兩周。

❶ pantoufles 爲法文。

事實上，直到第三個星期，積雪才開始融化，棕色土壤散布在白茫茫的堅實大地之上，猶如小島，星羅棋布。此刻，南風吹拂，積雪轉爲泥濘，並爲仲冬帶來短暫和暖的喘息。鳥兒重回大地，開始竭盡所能撿拾地上的脆弱種籽，再小都不放過。幾天之內，積雪融化的程度已足以讓卡巴薩摘折一段阿勒坡松的枝幹，削成小撢帚，再度開始擊打橡樹林外的矮小灌木。

然而，他這回掘出的松露數量雖多，卻因受潮過久，都已開始腐爛。這些松露觸感柔軟，氣味腐臭。卡巴薩知道，自己只能等待，等待氣溫再降，好讓下一輪松露在不可或缺的乾燥遒勁霜凍中，滋養成熟。

事實上，直到十二月底，才算萬事齊備。卡巴薩終於挖掘出一顆新鮮芬芳的松露，重達一百五十公克，人稱「黑鑽石」。三天後的晚上，他再次遵照那儀式般的流程，一一動作，最後終於來到臥房，倒臥在雙人床上，並在入睡前，細細搬演上次夢境裡的一景一幕。幾分鐘後，夢境果然接續下去。

是夜，在他夢中，茱麗葉塔看來與先前相去不遠，但腹部卻明顯變大，至少又大了兩三個月。兩人再次並肩躺在床上。只是，兩人從頭到腳汗水淋漓，彷彿一番雲雨才剛結束，而茱麗葉塔嘴邊還留著最後輕柔優雅的警告：「噓……」。兩人躺臥，倚著彼此肩頭，直到幾束陽光穿透緊閉的窗戶缺口，在床上灑下明亮的光點斑斑。最後，是卡巴薩先掙脫開來，離開那脂香濃郁的身軀，提醒茱麗葉塔有約在身：今天，她和婦產科醫生有約。早上，他們要開車到亞維儂，一如往常。不過，這回不是去上課。不是為了推廣兩人致力研究的殞落文化，而是為了迎接新生。不是為了名存實亡的片語，探討其文法上的細微變化，而是為了迎接新生命的到來。

「太好了，太好了，」那天早上，婦產科醫生從耳朵上摘下聽診器，抬頭，目光和暖，神情肯定地說：「這次，一切都各安其位。」他用的是「*bien placé*」❷這個說法：「應該沒什麼問題了。」他領著兩人走到門邊，動作溫柔，甚至有些親暱。在兩人離開之前，他說：

「小姐，我很為你高興。非常高興。」

❷ bien placé 為法文，意為「放得很安穩」。

那天早上，其餘的時間，兩人就在約瑟夫費涅街（rue Joseph Vernet）上購物。卡巴薩爲茱麗葉塔添購了幾套大尺寸的孕婦裝，和一條手工編織的絲質頭巾，上面綴滿星星。之後，爲了慶祝這天大的喜訊，兩人決定瘋狂一下，便在米宏飯店（Hotel La Mirand）露台花園共進午餐。開胃菜是味道辛辣微澀的嘎巴秋（*gazpacho*）冷盤，盛在淺寬的陶瓷湯碗裡。接著，兩人又點了茴香皇家鯛魚（*daurade royale au fenouil*），並用高腳杯品嚐邦多（Bandol）的紅酒。茱麗葉塔雙指修長，拈著酒杯，雙唇噙著杯緣，彷彿優雅的水鳥。她秀髮晶瑩，奔洩而下，睫毛、鼻子修長，杯光酒影在她唇上留下獨特的光彩。卡巴薩凝望茱麗葉塔，眼裡滿是愛戀。

「你還想要什麼？」他問她。

「沒了。」她說，語氣肯定，自顧自地微笑：「什麼都不要。世上我想要的一切，我都有了。」她坦白地說，對自己如此幸運感到難以置信。她將高腳杯放回桌上，凝望杯子閃爍淡黃色的光影，不禁搖頭，反覆說道：「沒了，什麼都不要了，菲利浦。世上已經沒有我要的東西了。」

由於積欠水費，一星期後，這座寬闊殘破的農莊停水了。然而，卡巴薩絲毫不以爲意，米烈歐姑媽更不用說。他們繼續自己的每日作息，彷彿什麼事也沒有。一位在山上尋尋覓覓，挖掘罕見的塊菰；另一位則是烹調吃食、推滾柴薪、生火添柴。斷水之後，兩人不過就是到庭院裡的井邊汲水，並用黑色吊桶運至農莊，途中不時水花四濺。

又過兩個星期，電話線也被切斷了。卡巴薩不可能知道這件事，因爲自從瑪格莉數月前突然來電，之後便沒有人再打電話到這偏僻的所在。再說，卡巴薩也不想聯絡什麼人。他不想跟任何人說話，至少不是活人。

卡巴薩和他的姑媽就這麼一一擺脫現代發明，卻絲毫不覺損失。兩人根本沒有察覺箇中差異，自自然然開始過著沒水、沒電、沒電話的生活。這些事物，現代人認爲不可或缺，但對卡巴薩而言，現在沒什麼是不可或缺的。除了那黑色塊菰。除了這地底果實帶來的深沉豐富力量，讓他得以夜復一夜進入那完全接納的狀態。

整個二月，卡巴薩都在擊打草地，而且動作越來越急切。他逐一擊打地表上星羅棋布的星散花，試圖誘使蒼蠅——那些金色的雙翅類動物——離開藏身之處。一如往昔，他正對清晨或向晚的太陽前進，走向可能帶來吉兆的區域。如此，他可以得到充足的陽光，卻不會留下影子，雷・穆斯可（*lei mousco*，蒼蠅）無從得知他的到來，直到最後一刻。此時，蒼蠅身上滿是蠅卵，生死攸關，最恨外人打擾。因此，一旦受到侵擾，它們不會飛開，只是不情不願地跑離原先棲息的處所。數分鐘後，蒼蠅又會重回故地，彷彿受到磁力牽引。卡巴薩謹守自己的迷信，他會先等蒼蠅重回原地三次，才會屈膝掘土。他會將雙手圈成杯狀挖掘土壤，同時深深吸氣，嗅聞土壤的味道，直直朝那芳香馥郁的所在挖去，追尋那帶著鹽味的飄忽濃烈香氣。

地下的換地下的，卡巴薩一邊挖土，一邊告訴自己。透過厚重的鋼邊眼鏡，他紫藍色的雙眼顯得更大。的確，黑暗祕密換黑暗祕密，他說著，全身上下都因初次觸及圓黑塊菰而戰慄不已，直達指尖。沒錯，他感到大地都因這血脈四布的堅實果實而崩解碎裂。的確，卡巴薩怎能不覺得，碰觸其中之一，便能碰觸另外一位？其間聯繫目不能見，幽微一如塵土，卻清楚一如雷電。

那年二月，松露豐收。當然，卡巴薩的夢也就收穫豐碩。在夢裡，他幾乎可以天天觀察追蹤茱麗葉塔懷孕的情形。他不但成爲夥伴，更成爲那重逢奧祕的親暱共謀。他甚至感覺自己滿心惦記的都是那日益鼓脹的腹部。沒錯，他的心因爲那鼓脹而鼓脹。更有甚者，他的夢境不但對情緒大有影響，就連現實生活也不例外。他認爲有些事情是他個人的責任，必須由他負責。首先當然是養育的問題，小嬰兒要睡哪裡？那個月，在某個異常清楚的漫長夢境裡，兩人沿著索格河（River Sorgue）散步，一邊討論幾個可能的選擇。兩人穿越鍛鐵拱橋，索格河潺潺流過，兩人望見自己的倒影映在翠綠流水之上，修長的柳條迎風搖曳，影子映在河中，與河邊青銅色的蘆葦等高齊長。茱麗葉塔頭靠著卡巴薩的肩膀，慵懶地望著底下的流水，同時呢喃著：

「跟我們一起，菲利浦。她跟我們一起睡，這不是很好嗎？我們三個人睡在一起，房間溫暖、又亮又舒服。這不是很好嗎，菲利浦？這不是太棒了嗎？」

他將她拉近一些，讓她的頭埋入他的頸間，而她黑亮如漆的髮，散發濃郁誘人的脂香，貼上他的臉頰。「沒錯，」他只能同意：「眞的很棒。」

很難說，菲利浦・卡巴薩何時過了界，他的濃烈夢境何時開始入侵，終至超越了他貧瘠、重複的淸醒生活。日常生活漸漸自他意識中消退，卡巴薩發現自己漸漸陷入夢境當中，爲其所呑噬。一切只剩夢境。兩個世界便這麼一點一點沒了界線。他開始修繕數十年來未曾整頓的農莊，他更換地磚和破損的樓梯木板，爲廚房煙囪的煙道重新抹上灰泥。卡巴薩正爲一切預做準備，無論自己是否發覺如此。他爲自己摯愛的小家庭準備房子。在他上個夢裡，茱麗葉塔即將臨盆，腹部其大無比，目光睏倦、安祥而幽遠，不是嗎？他知道，自己得加快腳步。他得將搖搖欲墜的農莊修葺完畢，以迎接那備受珍惜的大小生命。他必須在短短時間之內，將一切準備就緒。

冬末數日，卡巴薩在房子四周走動，像隻無頭蒼蠅似的，彷彿受到無數緊急確鑿的信號驅使，而非清楚意識的行爲。他這裡敲敲、那裡打打，補補這裡、修修那裡，舉止看來彷彿完全未經思考，紫藍色的眼睛帶著夢遊般的神情，牢牢盯住手邊的事務。一個星期一個星期過去，情況越來越嚴重，卡巴薩變得越來越疏離。到了二月底，卡巴薩已不再爲了夢境而活，而是根本活在夢境之中。例如，夢中，茱麗葉塔臨盆日近，他夢見兩人討論照顧新生兒的相關事宜，而且越來越詳細。其中一個夢裡，茱麗葉塔正在整理嬰兒衣物，將衣服分門別類疊成小堆，擺在兩人潔白無瑕的床單之上。在卡巴薩看來，這些衣物更像糕餅，就像糕點鋪（*pâtissier*）窗口擺放整齊的烘餅（*galettes*）。❸「圍兜，」

茱麗葉塔作夢似地呢喃著：「菲利浦，我們的圍兜不夠，」她伸出修長優雅的食指，指著她剛疊好的「糕點」堆裡有褶邊的那一堆，說道：「下次你去卡維雍的時候，或許可以買幾件回來。記得的話，就買個三到四件。」

不用說，卡巴薩隔日一早便驅車前往卡維雍。他不但在當地的孕婦用品店（*prénatal*）買了半打圍兜，根據記憶，他又挑了昨夜夢中提過的所有嬰兒衣物。沒錯，他挑了尿布、內衣、毛圈織的無袖外衣，他甚至還挑了幾雙連指手套，看起來比小蛋糕（*petits fours*）❹大不了多少，一樣是粉紅色的。

「您的寶寶眞是幸運，」店員小姐說道：「夫人什麼時候生產？」

那天早晨，卡巴薩縮在厚重的冬季粗呢夾克裡，眼神輕盈、情感洋溢，整個人看來不過像個支撐他狂熱眼神的碩大肌肉骨架。「現在，隨時都有可能，」他說，聲音近乎

❸ pâtissier、galettes 爲法文。
❹ prénatal、petits fours 爲法文。

呢喃。「沒錯，隨時都有可能，」他又說了一次，語氣興奮。他目光飄忽不定，逐項瀏覽架上的商品，眼裡帶著狂熱的興奮。

「您的夫人是否願意到我們重新修葺完成的診所（*clinique*）❺待產呢？」店員小姐問道。

然而，卡巴薩沒有聽見。他的目光爲一道淡紫色的反光所吸引，反光在玻璃櫃間遊走。卡巴薩雖然詫異，不過，他隨即發現，只要他一動，反光就跟著移動。他眨眼，反光也跟著眨眼。他一轉身，反光也跟著消失。他一回頭，反光又再出現，迅疾一如他的動作。他繼續把玩了一下這個飄忽來去的小把戲，並爲這道反光和他的生命是如此近似，感到驚嘆不已。

「先生，有什麼我能爲您效勞之處嗎？」店員小姐問道。卡巴薩的舉止讓她非常困惑，然而，卡巴薩太過專注於那紫藍色的火焰，看那火焰在玻璃櫃間往來穿梭，因此，

❺ clinigue 爲法文。

渾然不覺那位年輕女士提問，也當然沒有回答。

普羅旺斯的春天來得甚早。而那一年，春天更是提前到來。杏仁花開是春天來臨最初也最確鑿的信號。杏仁花瓣粉紅，從乾枯的黑色枝幹上綻放開來，同時引來成群蜜蜂。而空氣中也漸漸充滿花開濃烈的氨水氣息。相隔短短數日，連翹花一棵棵綻放開來，彷彿白熾火光。接著則是日本山茶，繁花點點，猶如粉紅珊瑚。一年此時，大自然重新展現自己，不停釋放確鑿無誤的訊息。

然而，對菲利浦·卡巴薩而言，這卻是個凶兆。因爲這意謂著松露季節就快告終，而直接通往那唯一重要的世界的通道，引領他走向即將臨盆的茱麗葉塔的通道，也即將不再。氣溫不斷上升，這還不夠糟嗎？飛蛾、蚊蚋和地上昆蟲大量增加，又怎麼辦呢？卡巴薩明白，桃樹就快開花，這無疑意味著豐富夢境的終結。然而，夢境對卡巴薩而言，早已取代眞正的生活。他從小不就聽過這句歷久不衰的古諺嗎：

桃樹花開，

松露不再。❻

此時，卡巴薩更是勉力擊打地面，拍打鬆軟不毛土壤上的一草一木。有位挖掘松露的人曾說，這樣的土壤柔軟一如新刷的羊毛床墊。卡巴薩敲打地面，拍打枝幹，彷彿敲門一般。他在懇求進入。他非但懇求一夢，更是懇求獲得他僅有的唯一經驗，眞實卻又無所不包的經驗。他拍打著，彷彿捶打草地，懇求面前的草地賜與他僅有的唯一實相。

「出來吧，出來，」他呢喃著：「讓我們看看你的翅膀，你的小翅膀，」此時，蒼蠅（*mousco*）越來越少，而且越來越容易和其他種類的新生蒼蠅搞混。因爲，這些蒼蠅全都棲息在同樣的灌木叢中。「出來吧，」卡巴薩抿嘴低語，聲音彷彿留在齒間。那天早晨，氣溫持續回升。値此季節，找到松露的機率也越來越小，「出來吧，來個記號，」他哀求著：「一個小記號就好，我只要這樣。」

❻原注：Quand lo pesseguier es en flors / lo rabassier es en plors.

若是過去，卡巴薩或許還會聽見，鷂鷹在高空盤旋、呼哨，教導幼鷹飛翔。這些掠食者一年當中就屬此時最好群居。卡巴薩也可能注意到，遠方高原上，冬麥轉呈翠綠。然而，卡巴薩太過專注於手邊事務而無暇他顧，只留意有翅昆蟲飄忽細微的動作，看它們奔走在低矮的枝枒之間。一經拍打、或是哄騙，這些昆蟲便會現出身影，而這意味著卡巴薩可以大大縮小他楔形目光的搜尋範圍，一如遊走於瞬息萬變的棋盤之上。此刻，卡巴薩眼裡再無他物。

其實，要是卡巴薩仍然歸屬於這個世界，仍然汲汲於生活的種種瑣事，那天早晨，他不但會注意到天上鷂鷹呼哨，冬麥轉綠，更會發現在他過去擁有的土地邊上，出現了幾台巨大的推土機。的確，這些堅固笨重的機器已然開始破土整地。剷平階地、移除擋路的枯木，所有推土機方向一致，一來一往，將原本凹凸起伏的地表夷為平地，再也沒有任何坡度。土地顯然經過「重估」，並且因而喪失農業價值。這片土地，過去千年來曾經滋育無數橄欖和杏樹的根柢，而今將在短短數日之內，迎接未嘗聽聞的迥異未來。

要是卡巴薩仍然歸屬於這個世界，仍然汲汲於生活種種瑣事，他便會發現一切。至少，也會有所耳聞。他會聽見那單調重覆的機器操作聲響，聽見機器轟隆前進，和嘶嘶嘈雜的迴轉聲。然而，卡巴薩一心只繫在蒼蠅之上。他的目光只集中在低矮的枝枒上，那裡有許多飄忽的信號，細如稻稈，疾如眨眼，稍不留意便會錯過。這些金鑰匙，這些他口中的雷・克洛朵（*lei claus d'aur*，金鑰匙），會帶他找到地下的松露，從而進入他愛人鼓脹豐饒的身軀之中，不是嗎？的確，除此之外，其餘一切全都無足輕重。更何況，此刻，在卡巴薩心中唯一存在的事物是在夢境彼端，在詞語的鏡子的另一頭。他先前就已經越過了界線，開始在大地每道皺褶之上尋覓，尋找入口。

要是卡巴薩費心拆閱前幾個月的信件，或許便得以重返生者的世界，或許便會發現他已丟了工作，沒了薪水，就連他沒水沒電沒電話的房子，也已完全傾圮隳壞。更糟的是，他還會發現自己收到一連串的搬遷通知，語氣冷酷簡潔、斬釘截鐵，敬告卡巴薩，必須遷離該處。遷離期限從最初的幾個月、到幾個星期、到最後變成只有幾天。那年冬天，由於心有旁騖，卡巴薩賣斷他名下的所有地產。那天，在公證人辦公室，他太過專注於窗外的月亮，看它輕盈漂浮在小小窗口之中。他只在意月亮移動、運行，和其中潛藏的徵兆。卡巴薩在倉卒之間，爲了幫瑪格莉籌錢，好讓她重建生活，甚至重建身分，他拿到什麼文件都毫不猶豫地簽字，但在簽字的時候，他卻只是凝望著窗外的月亮。因爲，那天的月亮向卡巴薩保證，其後數日，松露將會豐收。不過，那已是幾個月前的事了。

此刻，松露季節已近尾聲，卡巴薩繼續擊打草地，搜尋穆斯可（*mousco*，蒼蠅）的飄忽行蹤，終於挖到今年最後一塊松露。他等那隻蒼蠅（蒼蠅身上當然滿是蠅卵）重回棲處三次，這才朝下直挖四十公分。越往下挖，味道就越濃郁。卡巴薩想，實在太過濃郁了。當他終於挖出這最後一塊松露，他隨即發現，果實果然已經熟透，幾近腐爛。這塊松露已經熟成數天，聞起來不像植物，倒像動物，猶如麝香、鯨油，或是腐肉。

現在，照例得將松露和新孵的雞蛋密封在罐裡，靜待三日。因此，卡巴薩忙著粉刷房舍。他粉刷臥房、隔壁的餐具橱，以及廢棄已久的儲藏室。之前，他將這間儲藏室轉成茱麗葉塔的更衣室。春日推移，杏仁花開，氣味濃烈，滿室馨香，成群蜜蜂隨之而來，它們行動遲緩、昏昏欲睡，卡巴薩卻是加緊動作。此刻，他氣喘吁吁、不眠不休，用餐結束隨即動工，爲一道道牆面漆上檸檬黃色，爲天花板上的石灰雕塑漆上翠綠色彩。卡巴薩若將窗戶大開，便能聽見窗外推土機不斷逼近，日復一日，推平土壤，刨起焦土。這些怪手此刻離農莊只剩數百公尺之遙。卡巴薩自幼就在焦土上挖掘松露。再過幾天，怪手就將剷平所有馬廄、鴿舍、雞圈和兔籠，以及環繞農莊的所有屬地。這座農莊長久以來一直爲人覬覦，而且定期就有部分土地售出。數月前，卡巴薩售出整座農莊；售出之後不過數日，一位買主以遠高於售價的金額將農莊買下。根據新貼出的建築公告——公告照例貼在當地鄉鎮公所——農莊和外圍土地的新任所有權人取得授權，得將農莊改建成俱樂部，並將外圍土地改建成十八洞無障礙自然高爾夫球道。公告上說，這座高爾夫球俱樂部將取名爲「老酒莊高爾夫球場—私人俱樂部」(*Le Golf des Anciens Domaines—Club Privé*)。

然而，卡巴薩只是全神貫注於磨平浴室牆緣的接縫，根本無暇他顧。他完全無視自己正在粉刷、裝飾、整修的房子早已不屬於他的事實；無視於自己挖掘松露的土地，早在數月前已出讓的事實。他只是瞇眼檢視牆上刀鋒般的細痕，確定線條的準度。的確，此刻，卡巴薩已然太過投入，太過疏離，除了手邊事務，其他一概不聞不問。更何況，自從挖出那最後的松露，至今已有三天。第三天傍晚，菲利浦・卡巴薩想到，自己應該準備晚餐了。

這將是卡巴薩最後的夢境。這點，他當然明白。於是，他以前所未有的謹慎態度，一絲不苟地進行準備。他將爛熟的松露切成完美的圓形小塊，放進剛打的三個蛋裡一起攪拌，接著放到事前預熱的高溫平底鍋上輕輕拌炒，時間不超過一分鐘。他趁熱吃下剛完成的松露炒蛋（*brouiado de rabasso*），用舌尖將之頂在上顎。此時，米烈歐姑媽正在品嘗她慣常烹煮的蔬菜肉湯。這是她鍾愛的菜餚。事實上，卡巴薩拿了點芳香四溢的炒蛋給她，她卻搖手拒絕。

「你覺得，我的回憶還不夠多嗎?」姑媽輕鬆以對。不過，兩人還是一起享用厚片鄉村麵包、幾片月白色的羊乳酪，以及從當地酒商購得的土黑色家常酒（*vin ordinaire*）❼。

不過幾分鐘，卡巴薩就已察覺，那幸福的感覺開始沛然勃發，不可抑制。他神經系統的糾結慢慢解開，身上細胞全都感到飽受撫慰。的確，那天晚上，走道上的擺鐘尚未

❼ vin ordinaire 為法文。

敲打九響，卡巴薩便已迫不及待闔上書本，拿著蠟燭，上樓回到新漆成黃色的臥室。沒錯，是夜，燭光拍拂光潔的牆面，整間臥房散放白熾的鵝黃光芒。卡巴薩心想，這樣的色彩正是滋養生命最原初的顏色。

卡巴薩鑽進粗糙的被單裡，用一邊臂部支撐全身，同時調整身體的姿勢。此刻，他穩住身軀，闔上雙眼，開始複誦自創的祈禱文。他重新依序回想上次夢中情節，尤其是兩人數星期前在亞維儂共進午餐。幾分鐘不到，卡巴薩還在喃喃自語，便已進入夢鄉。然而，這次夢境跳脫了任何順序，甚至跳脫了時間。夢往前跳了三段、四段、五段，景象完全不復先前清晰。當時，茱麗葉塔臨盆在即，他們正詳細討論相關的育嬰事宜。然而此刻夢裡，茱麗葉塔卻是沉沉坐在高大的扶手藤椅中，光著雙腳，腳掌牢牢貼住地上紅磚。她端坐著，一動不動，白色睡衣輕輕搖曳。睡衣包著她宛若朱諾女神的修長身軀，在她鼓脹的腹部奔騰如泡沫、如星雲。米烈歐姑媽東奔西跑、忽左忽右，正忙得起勁。這時，她正從茱麗葉塔身上摘除她先前安在皮帶、扣孔、頭髮和耳後的塑膠花朵。她摘除這些喪葬花朵的修長枝莖，顯然是爲了迎接新的生命。

「我的心肝寶貝，我的肉中肉，你騙不了母親。只有母親，」她又說一次：「才知道。最後只有母親才認得出自己的骨肉。」

卡巴薩望著茱麗葉塔，看她伸出修長優雅的手臂攬住米烈歐姑媽瘦小的肩頭，而這位老婦人則是從茱麗葉塔烏黑秀髮上摘下最後一朵塑膠花。接著，她後退一步，雙手交握，審視面前這位年輕女子，彷彿畫家注視自己完成的畫作。「你瞧，」她說：「這樣比較好，好多了。」她輕聲說道，一邊注視茱麗葉塔筆直坐在高大的藤扶手椅裡，猶如侏儒凝望公主。「眞是好多了。」她接著說道：「一開始就應該這樣了。」

卡巴薩看著眼前一切，彷彿觀眾。這回夢境不同以往，他無法自由加入，亦即親身「參與」夢境。卡巴薩只能默默旁觀。在那稍縱即逝的瞬間，是女人的世界。嚴格說來，是兩個女人的世界。其中一位即將臨盆，她正襟危坐，態度雍容，一如崇高的樞機主教。另一位年齡是對方三倍，身高卻只及對方一半，正準備接生。的確，每隔幾分鐘，茱麗葉塔就會張大嘴巴，狀似呼喊，然而，什麼事也沒有。顯然，她已開始分娩。夢境持續，茱麗葉塔嘴巴開闔更加頻繁，近乎正圓。然而，她的呼喊依舊不發任何聲響，有的只是無邊的靜默。

米烈歐姑媽測量茱麗葉塔每次收縮的間隔，是她發現時候到了。她走近茱麗葉塔，褪色的農人罩衫挨近茱麗葉塔的潔白睡衣，罩衫帶著地窖和炒洋蔥的味道，而睡衣則是初次沾上意外留下的母乳芬芳。米烈歐姑媽挨著茱麗葉塔，開始在她耳邊低聲唸誦一長串的鼓勵言語，而茱麗葉塔則是嘴巴不停開闔，隨著分娩進行，她嘴巴開闔速度越來越快，幅度越來越大。這時，米烈歐姑媽定是發現分娩即將結束，她開始拉扯茱麗葉塔睡衣上的棉繩，她左拉右扯，動作匆忙迅速，使勁將睡衣從茱麗葉塔高大光滑的身上脫下。

眼前的景象讓卡巴薩難以置信。此刻，茱麗葉塔裸身坐在扶手椅中，肩膀纖柔一如往常，雙臂筆直下垂。然而，她的雙乳和腹部卻變得異常碩大。之前，她的胸房年輕堅實，一如男孩，而今卻膨脹如懸垂的囊袋，豐滿猶如葡萄。之前，她的乳首跟鉛筆擦相去不遠，此時卻變得又粗又大，猶如堅挺的噴嘴，各自朝向一方。

「野性美」一詞突然在卡巴薩心中浮現。此刻，他望著米烈歐姑媽跪坐石頭地板之上，將茱麗葉塔雙腳扳開。沒錯，「野性」，卡巴薩想，一邊望著肥厚紆曲的陰唇之間，陰戶大量滲出羊水，而陰唇則在無止盡的壓力之下，顫動發紅。卡巴薩始終覺得，每個人降生的最初時分都是空前而充滿「野性」的：幸運的話，唯有*suites*[8]，唯有延續的生

[8] suites 為法文，意為「續集」。

命，唯有靈魂與奧祕才能從血肉當中誕生，心靈當中透明卻又難以捉摸的一切才能破繭而出。此刻，正是這樣的事物，從茱麗葉塔體內汩汩而出，以羊水的形式，順著大腿內側潺潺流下，讓她雙腿看來彷彿上了漆，閃亮一如珠寶。這時，米烈歐姑媽，這位毛遂自薦的產婆，用她布滿老繭的豐厚雙手覆上茱麗葉塔的陰戶，撫摸、安撫、緩和那裡的壓力。沒錯，「野性美」，卡巴薩不停說著。與此同時，米烈歐姑媽按摩茱麗葉塔的私處，動作嫻熟，她攫住茱麗葉塔的小腿肚，同時拍打她的大腿內側，讓她雙膝完全張開。一切動作，米烈歐姑媽做來猶如專家。她身上的罩衫沾滿血跡，是她先看到「他」的。是她先看到那小生命的頭頂冒了出來。收縮接連不斷，間隔不到幾秒，彷彿無止無盡，每次都帶來擠壓的力量，小頭顱撐開茱麗葉塔的陰戶，彷彿富有彈性、不斷擴張的薄膜。此刻，米烈歐姑媽不但看見「他」，而且半轉雙手——沒戴手套、飽嘗農事的粗糙雙手——熱切迎接小嬰兒，迎接大家殷殷期盼、愛戀已久的小嬰兒終於降臨世上。

就在那時，那一秒，茱麗葉塔發出哀嚎。哀嚎必定出自痛苦，以及解脫，全然的解脫。然而，她睏倦的心型臉龐先是出現奇怪的神色，隨即回復過去充滿喜悅的輕柔微笑。只因此時此刻，她已得著今生希冀的一切事物。

宣告嬰兒降生的哀嚎，將卡巴薩自夢中驚醒。他醒來，滿心歡喜。因爲此刻，他也獲得完全的生命。茱麗葉塔和他兩人的喜樂緊密相繫，再無可疑。此刻，卡巴薩醒來，房裡身旁的一切都已準備就緒，迎接他的家人。他發現，萬事齊備，只欠鮮花。沒錯，鮮花。此時，桃花正兀自綻放，宣告松露季節正式結束（桃樹花開，松露不再。他不是從小便記得這句古諺？）。他儘速著裝，拿著修葉剪，出門前往桃花新綻的果園。他從枝幹上剪下粉紅剔透的桃花，抱著花朵滿懷，回家放進盆中。幾趟來回，桃花不但擺滿門口、餐廳和樓梯，就連餐具櫥、浴室，以及剛完成的臥房兼育嬰室也都擺滿桃花。

卡巴薩在樓上的時候，出事了。他在重新粉刷的臥房裡，爲滿室馨香感到歡喜。這時，一小群員警來到樓下走廊，兩人一組，開始搜索房子。警員在一樓找不到人，帶隊的隊長（*bridgadier*）手裡拿著拘捕令，率先上樓。他受命前來清空房子，以便迎接新主人，並且逮捕卡巴薩，因爲連續三次遷離通知，卡巴薩都置之不理。然而，卡巴薩只是全心整理花朵，忙得就連隊長同他屬下進到新漆的臥房兼育嬰室，他都渾然不覺。警方進來的時候，卡巴薩顯然忙著整理那些粉紅花朵，試著排出光采煥發的圖樣。他調整枝葉，這裡鬆散一些，那裡分開，這裡互相交疊……這時，全然的喜樂化成淚水從他臉上潸然而下，隊長開始宣讀拘捕令上的各項指控。卡巴薩聽若未聞。此刻，在他耳中，唯有那粉紅妍麗的花團錦簇交織而成的樂章。那一瞬間，花朵開始和聲共鳴，在卡巴薩耳中，形成翻騰的巨浪。他再也聽不到其他聲響。此刻，唯有粉紅剔透的桃花反覆吟唱，在他耳中嗡嗡迴響。

國家圖書館出版品預行編目資料

尋找松露的人／古斯塔夫. 索賓(Gustaf Sobin) 作；
穆卓芸譯-- 初版-
臺北市：大塊文化，2002 [民 91]
面：　公分.--(To : 15)
譯自：The Fly-Truffler
ISBN　986-7975-51-0 (平裝)

874.57　　　　91016379

LOCUS

LOCUS

LOCUS

LOCUS